U0071194

THREE WAYS
TO FIND
HAPPINESS

快樂3法則 停下、坐下、放下

充滿正面能量的52個生活故事

麻吉 著

推薦序

品味生活掠影，綻放生命華彩

日本別府大學榮譽博士
新竹縣　邱鏡淳縣長

停下，自能瀟灑，何妨吟嘯且徐行
坐下，無非靜賞，滿身花雨又歸來
放下，終究了然，守得雲開見月明

滄海霽月，落崖驚風。在喧囂雜沓的塵世中，人，彷若窗外的簾燕，在人生逆旅中，幾番低吟，幾度徘徊。

徘徊的心情，猶如與生俱來的本能，無非是為了在甘苦交織的生命旅途中，尋索一丁點兒屬於個人的人生真意；也為了在得失跌宕的生活情境裡，解悟些許人間最真摯的情感；更為了在悠悠晃晃的意念啟動時，刻意不讓自己渾渾噩噩地像倉央嘉措所留下的似禪語般的詩句：

問佛：為什麼總有遺憾？
佛曰：沒有遺憾，便無法體味幸福。
問佛：為什麼下雪總在夜裡？
佛曰：美好的東西總在不經意間流走。

倉央嘉措這般問，人們也這般想，因為我們每每總在美好中留下遺憾，正如我們那已日漸淡去的本我真如，忘卻了我們所身處的是一個婆娑世界——沒有遺憾，就無法深刻咀嚼人生的甘苦滋味。那麼，即使擁有再多的幸福，也著實感受不到真正的快意。

有道是，路漫漫其修遠兮吾將上下而求索。人生如水亦如月，生活中，難免波瀾起伏、圓缺陰晴。在人生底蘊的面前，何妨吟嘯且徐行，吾人究竟應懷抱怎樣的生命態度？是坐看繁華競逐之餘，繼而投身世俗的長河，還是該且放白鹿清崖邊，一尊還酹江月？

有人說，胡不歸去？田園將蕪！

你呢？

其實，人生能有多少選擇呢？不喜歡落葉，就試著欣賞枯萎的美；厭惡分離，就練習好好的道別。生命不只有美好、善良、圓滿，充滿斑爛彩光；生活中所遭遇到的，還有醜陋、貧乏、狹隘，虛偽愚昧氾濫。畢竟，我們都同時具有良善而愚陋的因子，無論它是隱性或顯性；我們也都因為卑微，而不得不偉大……，正如日本藝術家草間彌生所言：「桃子上出現蛀孔，正顯示出桃子的生命。」因此，我們當深刻體認到，這就是人生、生命與生活的本質，或許「在暗夜裡，遙望星光」，也是種隨遇則安的處事良方。

再者，生活中所遭逢的種種紛擾磨礪、挫折考驗、榮辱是非、甘苦幸恙……，在駒光過隙、色空生滅時，都將一如千年的過客擷來冷月吐織的馨香巾絹，為你我擦亮迷濛的眼眸，進而輕馭遐思，尋得天地間難以隱滅的一抹永恆的瑰麗。

誠如，在《快樂3法則：停下、坐下、放下》一書中，作者彷彿滿身花雨又歸來地透過日常生活的點滴經歷、細微觀察與體悟，敘寫出蘊含至情至性至愛的隨筆小品，並輔以精心獨到的「知心話」，畫龍點睛地點撥人們心底的悸動情愫，頗有振聾啟聵之效。君不見，信手拈來，其中盡是清新雋永，且發人深省的智慧小語。諸如：

◆停下，方才驚見沿途這麼多美麗的風景：

生活很苦，但是心念的改變，可以讓靈魂轉向富有。

釋懷，才能心如活水；慢活，才有機會看見生命中的曇花。

◆坐下，驀然察覺生命裡的感動俯拾即是：

靜靜地聽、好好的講、慢慢的勸、適時的回饋，這就是溝通。

唯有讓自己的燭芯先點燃，才能綿續一室的燭光啊！

◆放下，漸漸才領悟靈魂竟變得如此地輕盈：

歲月是一把篩子，除去傷痛的最好辦法就是篩除抱怨！

想要回歸於「簡單」，必先學會「簡欲」這功夫。

守得雲開見月明。本縣傑出的青年作家黃駿基兄以全腦開發之姿（左腦兢業奉獻於科技產業，右腦則時時沉浸悠游於浩瀚文海中），灌注滿滿的麻吉盛情，囑我為其「用心犁出來」的這本既興味盎然，又耐人尋味的《快樂3法則：停下、坐下、放下》寫序。拜讀之後，直教人醍醐灌頂、心曠神怡、滿心歡喜。因此，我樂為之序，並誠心推薦這本別緻可人的生活散文集。

推薦序

生命不在乎它的長度而是廣度

中央警察大學犯罪防治研究所
郭志裕博士

好友麻吉再度出書，囑咐我寫序，說真的我本身文學造詣低淺，也非專研筆墨的賢能雅士，賣弄文章，實在難登大雅之堂。不過之前他的大著「我不是C咖父母」承蒙他的抬愛，我有給予回饋讀後心得，此次盛情難卻，再次提筆。

與作者麻吉認識是也近六年，我從公部門退休轉任到台灣怡和保全公司，他是我們公司的業主，科技廠總務部門主管，因工作與業務互動，加上彼此個性相投，逐漸成為好友，他的為人，給我感覺一點也不像科技人，溫文儒雅，彬彬有禮，倒是像一位傳道授業解惑的教授。如今他從科技廠退休下來，專職奉獻志工事業，令人欽佩。

近日社會負面事件頻傳，尤其是前幾天隨機殺童割喉案，震驚全國，人心惶惶，莘莘學子得以安心讀書求學校園裡，竟然有歹徒闖入，對毫無防備的學童割喉殺害，殘忍的手段連救人的醫師，執法的警察與檢察官都落淚！社會怎麼了？難道社會生病了嗎？

當對社會失望，人性絕望時，我靜下心來閱讀好友這本《快樂3法則：停下、坐下、放下》（原名《生命裡被遺忘的三合一》），其實社會還是充滿溫馨與希望。麻吉這本書適時說明人間其實是到處充滿溫暖，人性盡是光輝的一面。在大眾傳媒喧囂當中，千萬不要被這暴戾之氣淹沒，我們要停下，坐下，放下，生命裡總有一些被遺忘的三合一咖啡，即溶在你捧書悅讀的某個午後，好好啜飲一杯有溫度的字湯，生命裡那些曾經被遺忘的點點滴滴，可以在你生命裡悄悄地回甘！

書中深入淺出，從日常生活一點一滴，道盡人生的大道理。麻吉好友夫妻生性樂觀，樂善好施，組織讀經班，教育學童多年，尤其一些特殊學童，在他們循循善誘下，都有良好進步與發展。他們平常深入台灣偏鄉部落，有時足跡更遠到泰北，馬來西亞之窮鄉僻壤。一步一腳印，回饋與佈施，可說是功德圓滿。對於他們夫妻的為人處事，我更由衷敬佩，在書裡「人生的風景」這短篇中，他們家有佛堂，他提到照顧他媽媽的菲勞，思念家鄉，麻吉大嫂特別贈送瑪利亞畫像於佛桌，讓菲勞禱告，精神有所寄託，不再有離鄉背井之疏離感，他們將菲勞當自家人看待，實在不簡單。他們精神生活充實，雖然有時吃苦，也當成一門藝術，總覺得生活雖苦，心念的改變，可以讓靈魂富有，如此的調整，總能在快樂的心域中進行，保持身心寧靜，才能從容面對生命中所有的逆境。

對於大自然的愛，從他們在自己農場的有機植物栽培，可以看得出，書中對於大自然的一草一木，觀察入微，刻劃深刻。對孩子的付出愛，從他們夫妻以身作則，可以得到印證，他們給予孩子不是錦衣玉食，而是滿滿親情，書中諸多生活例子，值得世人借鏡。

人生在世，生活雖然不如意的事十有八九，但可朝那難得一二的快樂地方想想。什麼是幸福？每天在學習和成長中的感覺就是幸福。何謂智慧？掌握了世界萬物發展的規律就是智慧。看完好友麻吉的這本書，也像是走入了讓人更快樂；得幸福；增智慧的一道捷徑與幽門。相當榮幸，先睹為快，小小的心得，祈願能與有緣人分享我的喜悅！

推薦序

活在當下

全達國際旅遊事業機構
負責人莊家卉

好友麻吉再度出書，真的很替他開心，自認是樂觀及善解人意的我，文學造詣真的很淺薄，賣弄文章絕對不是我能力所及呀！可是……可是……還是捱不過好友的邀約……唉……盛情難卻，就以力挺的心提筆跟大家分享。

看了麻吉的新書《快樂3法則：停下、坐下、放下》之後感觸良多！如書中所述：「忙碌，是親情的懸崖、愛情的障礙、友情的圍籬，更是健康的殺手！庸庸碌碌的生活，往往讓我們錯過生命中許多精彩又動人的景緻，建議調整一下你的生活步伐吧！」麻吉，您這些字句早已道盡多少人的生活盲目啊！

二〇一二年，斯時的我旅遊事業正值巔峰，所有的事務及人脈皆已純熟時，當時老天爺卻跟我開了一個很大的玩笑；讓我被莫名的免疫系統——成人史迪爾氏症纏身，硬朗的我竟這樣就倒下了！全身痛到爬不起來也難以翻身，意識清楚可是疼痛卻讓我兩腳無法活動，頓時倍覺生命是否就此停住了？初期以為可能幾天後病情就會好轉，然而健康一垮下來居然就拖上了二年。

醫療過程，我從抗拒、難以接受……終至最後妥協了！想想昔日的自己做起事、開起會時總是強而有力，時間安排也分外緊湊、社團活動亦安排得相當精彩，總覺得生命沒有被絲毫的浪費，甚至還自覺完美。後來真覺得可笑呀！原來那一場病，老天爺是要讓我停下來回顧以往，也讓我慢慢思考我以前所沒注意到的細微處……，有了時間沉澱，才驚覺以往有太多從身邊、指縫間流過的幸福而被自己忽略了！當下，有如大夢初醒般，覺得自己是幸福的，因為有太多人還依然地迷失，仍舊汲汲營營過活卻不知生活的意義為何？我想，自己真的是因禍得福，內心充滿感恩。

而我是何等的幸運，昔日工作夥伴的貼心；好友們且殷殷親切的關懷；還有老公小孩的真誠陪伴，讓我覺得愧疚且不捨……！還好，領悟不算遲，而我也終於在愛的氛圍中慢慢復原。現在的我更珍惜當下所擁有的一切，就算現今的我不完美我也當它是殘缺的美麗，因我只想好好的品味後面的人生，每一時一刻我都很認真的「活在當下」，擔怕幸福會稍縱及逝。我喜歡劉若因的那首「幸福不是情歌」，歌詞中有些句子我好喜歡，如「這一刻你也許感覺心如刀割，還好再痛的總還是會痊癒的，如果不是太愛了，我們又拿什麼去深刻，人生的挫折，好在有捨就有得，曾真心付出的，都會是值得的，卻不能停格只留下所有快樂，他曾是你的選擇光是這一點就很難得，就算再不捨，至少你都盡力了，幸福不是情歌，不是唱完就算了，不是一堂課，有時有不停的眼淚，有你想不到的苦澀，幸福不是情歌，不是偶爾來作客，無法被預測，它很真實的溫暖你每個時刻……」

麻吉好友夫妻倆生性樂觀也樂善好施，與他們的相處有種安定人心且舒服幸福的感覺，這特質深深吸引著我，從事科技產業已經夠忙碌了，還要不吝於帶領一票小朋友做志工，常往偏遠地方去服務獨居老人，帶著小朋友們打掃環境身體力行的精神讓人佩服，而麻吉總是笑笑的說著：施比受更有福喔！

好感恩，能在此時此刻靜下心來閱讀好友的這本《快樂3法則：停下、坐下、放下》這本新書。麻吉以精彩的生活小故事帶領我們進入這三合一的境界，只想讓我們都能對身邊的事物多些關心，既然無法改變現今的社會，只願漸進式的軟化我們的心吧！如對一個小小的洗車員的感動、改造家中的秘密花園、一小片幸運草……等等，原來咱們身邊有太多的故事一直在上演，大家可曾嘗試停下腳步靜靜的溶入其中？

此刻若要問我什麼是幸福，我會輕輕地告訴你：「坐下來；拿著櫃子裡喜愛的杯子喝杯香醇的咖啡即是。放下手邊繁瑣的事務；享受生命中優閒的片刻即是。讀著一本帶有生活禪味的好書，活在當下，學做自己靈魂的主人即是。」

推薦序

生命的價值

國立中央大學地球物理研究所
劉興昌博士

快樂3法則，停下、坐下與放下。

生活中的緊張與壓力常常讓自己忘記了生命中的意義而非只是為了三餐的溫飽與物質的富足，透過這本書可以讓我進入身心靈放電的程序，歸零後進行下一階段的充電。

自研究所畢業以後，開始思考著生命的價值與生活的價格，我從哪裡來？我該往哪裡去？短短人生數十載，生活中的價格追求常常綁架著我無法喘氣，忘記了自己生命的初衷。我的專長在地球物理探勘技術的發展與研究，記得我還是研究生時，執行一個輸油管線調查計畫，試了許多方法，還是無法將管線描繪出來，結果後學指導教授清雲科技大學校長楊潔豪教授，只用一個鍵，改變色階，管線就浮現在儀器之中。生命何嘗不是如此！停下、坐下與放下，讓自己不要侷限在生活的框架中，想想自己的初衷，朝向生命的價值而努力，而不枉此生。

伊索寓言有個故事，一個人吹嘘著在羅托斯島有極高的跳遠能力，只要找到羅陀斯島的人就能證明，旁人就說：這裡就是羅托斯，就在這裡跳躍吧！要他不要說大話，就在我們面前跳跳看吧。後來德國哲人黑格爾巧妙改寫為：這裡就有玫瑰花，就在這裡跳舞吧，我們常常跳脫不出身處的世界，就停下來，聞聞自己的玫瑰花香，把握擋下，盡情跳舞。

看完這本書，我的第一個感覺是：其實我很幸福了！因為我在我的信仰中找到了我生命中的價值，覺得已沒什麼好感慨、抱怨的。雖然生活中有工作、情緒等的問題，但至少我可以因為生命上的寄託讓我停下腳步。我突然發現，看了很多生活智慧的書，無法觸動我的心，這本書，讓我在作者的經驗中，找到自己心靈的出口。

如同書中故事所述：「奔馳在公路上的跑車，不容易看清沿路美麗的風景。鎮日汲汲營營忙碌在事業上的人們，往往看不透『錢』與『閒』其時終究是人生兩條平行的鐵軌！」，作者成了我「幸福對照組」！

這本書主要以「人生」所遇到的小故事鋪陳，而每則小故事你都可以從中得到一些哲理，真的是修養心性的一本好書，我願意誠摯地推薦給我的好友與讀者們，但願大家看完這本書，也能感動地找到自己人生的價值。

推薦序

轉個彎，就能看見幸福

桃園市蘆竹區外社國小
鄭淑珍校長

與駿基、曉諭老師賢伉儷的結緣說來既平凡又特殊⋯⋯。

我們的相識是在二〇一四年十月初，那一場是由新竹生活美學館舉辦的「閱讀新浪潮」推廣「親子共讀」&「閱讀下鄉」的活動。活動的緣起是因為我服務的學校——桃園市蘆竹區外社國小，這是一所座落在林口保育地境內的偏鄉山林小學，學童新住民子女比率極高，佔24％，除此加上隔代教養、單親等家庭佔近四成，普遍學生文化刺激不足，學習成就呈現嚴重雙峰。所以，學校極力爭取舉辦各種親子閱讀成長課程，鼓勵他們利用假日來參與學校辦理的共讀學習活動。

其實，那天來參加的小朋友或親子真的不多，約莫十來位……，我心裡有點失望，但令我頓時感動又燃起熾熱之心的是駿基、曉諭老師所帶來的志工團隊、閱讀活動素材、新移住民文化分享、異國風味餐料理……，她們不在乎參與人的多寡，照樣投入、熱情、用心，從頭至尾，絲毫不馬虎，這是他們夫妻所堅持的教養哲學~身教，就是態度！

這一切一切的用心，已悄然在我心底萌生敬意，尤其在全程參加後並聆聽、閱覽他們十幾年來在深耕社區、弱勢生輔導、青少年志工團培訓、老人關懷、生命教育諮商……等領域的故事與歷程，心靈契合的瞬間，我想，我們是一夥兒的，差別在於一個在體制內、一個在體制外，我們都是想用「生命感動生命」的園丁，我們都願意用一顆平靜的心陪伴每一個不完美的精靈，跟他們一起走過崎嶇蜿蜒的成長小徑！

說到此，一天的活動也該畫下完美的句點了吧？但是老天爺又給了我們彼此更多更深的機緣，接下來一連串的親職教育日、多元文化活動週、親子成長課程、教師進修研習等活動，我們共同鋪陳了更寬廣、更有默契的教育道路，謝謝我們的好「麻吉」！

六月，鳳凰熱鬧初開，絢麗瞬間染紅校園的天際！

那天我接獲駿基老師力邀為這本《快樂3法則：停下、坐下、放下》（原名《生命裡被遺忘的三合一》）新書寫序，雀躍又惶恐，迫不及待用心閱讀，讓我為之驚訝的是一位慣用左腦的科技人，怎能有如此細膩又進化的右腦細胞，總能在別人無所察覺的細微處看出端倪；也能在平凡無奇的生活週遭，嗅出幸福珍味；更能在路旁屋簷角落處的一花一草中，勾勒出生命的大視野！讓我又看到一個不一樣的好「麻吉」！

是的，「停下，方才驚覺沿途這麼多美麗的風景。」、「坐下，默然察覺生命裡的感動俯拾即是。」、「放下，漸漸才領悟靈魂竟變得如此的輕盈。」三合一咖啡的貼心在於體恤啜飲者品聞咖啡氣味、口感與氣氛的方便與包容；生命裡的「三合一：停下、坐下、放下」則是作者用他人生淬鍊出的智慧結晶，走過不同生命歷程開展出的圓融韌度，閱讀過人生百態淬取出的生命哲理，字句珠璣，撼動人心，分享我們生活周遭的平凡與感動，教會我們善待每個生命，不管完美或殘缺；提醒我們珍惜當下的分秒，就算煎熬難耐，總有雲開天輕的精采！

每個故事、每個人物、每個心情，都那麼的真實不虛，貼近我心……；每棵樹、每朵花、每枝草，都好似我眼前的景物，感同身受……；一隻蝶、一杯水、一段音樂，都能讓我們跟著好「麻吉」在一個轉念之間，醞釀出優游自在任運過的平靜心情與寬容大器。

驀然驚覺，有一種能力正在滋長……，轉身後，就能看見幸福的奇蹟！

推薦序

愛本無礙，陽光遍灑人間

光化志工隊
陳曉諭執行總監

繼與外子共同出了《我不是C咖父母》之後，此次駿基再度出書，這一回我成了推薦人。創作出書以來，我總是在他耳畔重覆叨唸著：「每一位文字創作者，對社會大眾理應懷有其一份強烈的道德責任，讀者看了你的創作之後，若油生了感動的情緒並能將之轉化成正知正念，這才夠格稱得上是一位好作家！」

這一本書，駿基做到了。記得在他完稿後的第一時間，喜孜孜地將電子檔寄給我的時候，剛開始心裡只是抱著同時沾個喜氣的念頭！當晚，我從第一單元的

第一篇讀起以後，我就有股想把整本書都將它看完的衝動！因為，每一篇故事對我而言是那麼熟悉卻貼近生活，每一篇文章是那麼平凡又尊貴地契合在彼此的生命裡面。

我們夫妻，從志工隊的公益活動中體悟到了何謂使命與承擔；從每週五的「幸福讀書會」裡，了解到每一個生命的舞者，都有著上天給予的恩典。從每週六親子讀經的過程中，在共修的孩子身上看見希望的重生。

佛陀曾說：「未成佛前要先結好緣」，若不是前世所結的好緣怎麼會在今生相遇。生命的開始，我相信是因為父母與孩子都是相約來助對方修行的，別說誰成全了誰，應該說：那正令我們傷心及傷神的人，是我此生的主考官與貴人，若沒有他們給予的智慧考，怎知自己的次第已被提升了？快樂3法則：停下、坐下、放下，其實是在叮嚀著讀者們：經過和走過並不代表在你的生命已烙印一幅刻骨銘心的美圖，你唯有停下腳步，坐下來或者好好地佇立凝望過這一路的風景，你才會明瞭今生所有的相遇，都是累世早已結下的良緣。

這是一本好書，讀了會讓你感覺到「幸福」的好書，但是愛本無礙，一本好書怎麼只讓雙眼安好的人們獨享呢？看完此書，心中思索著但願這一本書也能讓失明的另類族群輕鬆地吸收，於是我有了錄製有聲CD的構想，我的聲音只是媒介，只是想為作者替你撩起生命中那些曾經被你遺忘的感動或憂喜，如啜飲一杯有溫度的字湯，在彼此的生命裡悄悄地悄悄地回甘；如悠閒在某日山林午後，享受陽光遍灑人間的溫暖。

自序

心存感恩

網路流傳一則故事我總是一讀再讀，內容大致如下……有一個富翁得了絕症，他覺得自己將不久人世，心中很難過。後來，他請教一位隱居的名醫。名醫為他把脈診斷後說：「這病只有一個辦法可救，否則無藥可醫！我這裡有三帖藥，你依續照做，一帖做完再打開另一帖。」

富翁回到家，好奇的打開了第一帖，上面寫著：「請你到一處沙灘，躺下三十分鐘，連續二十一天。」富翁半信半疑，還是照做了，結果每次一躺就是二個小時。因為他很忙碌，所以從來沒有這麼舒服過。聽著風，聽著海和海鷗的鳴叫內心無比的舒服。

到了第二十二天，他小心翼翼打開了第二帖，上面寫著：「請在沙灘上找五隻魚或蝦或貝類，然後將牠們送回海裡，連續二十一天。」富翁滿心懷疑，但還是照做了，結果每次將小魚蝦去回海裡時，他的內心總是湧起莫名地感動。

第四十三天時，他打開第三帖，上面寫著：「請隨便找一根樹枝，在沙灘上寫下所有不滿和怨恨的事。」當他使勁地寫完沒多久，霎時捲起一陣海浪，漲起的潮水瞬間竟把那些字跡全然沖刷掉了……！此景，讓他突然頓悟，並忍不住感動的大哭了一場。回家後，他覺得渾然舒暢，輕鬆而自在，甚至不再怕死了。

原來，人因為學不會三件事，所以會不快樂：

一、休息。

二、付出。

三、放下。

忙碌，是生命的殺手；貪婪，是靈魂的毒藥，人的欲望因為永遠沒有止境、沒有盡頭，所以總是快樂不起來。大學經一章裡提及：「知止而後有定，定而後能靜，靜而後能安，安而後能慮，慮而後能得。物有本末，事有終始，知所先後，則近道矣。」其中「知止」二字也是在勸化我們內心要懂得知足！

我在西元二〇一五年元月委由博客思出版社出版的《禪與纏》詩集裡，其中有一篇標題為「午後」的詩作，我節錄了其中幾段的文字充作此書的開場：

停下坐下放下
總被生命遺忘的三合一
即溶在冬日某個午後
拾起一杯有溫度的風景
任柳樹枝影用力的攪拌著池塘

那悠閒的甜度恬度剛好

……

總被生命遺忘的三合一，即溶在二〇一〇年冬日某個午後，當時我悠閒地置身在新竹——尖石鄉的山林聚落喝著下午茶。生活中難得的空閒，如繃緊的鏈條突然被鬆弛了下來，那感受倍覺身、心、靈頓時輕盈了許多。所以，快樂的關鍵其實不是外在的環境所致，而常因內在的心境困住了自己！

在這本書即將出版之際，很高興邀得了各行各業的許多好友們的推薦，而這些朋友們全都是該領域中獨領風騷的一方翹楚，幸蒙抬愛紛紛提筆甘為麻吉這本新書加持與鼓勵，就在此書付梓印刷之前，麻吉特於序末致上我內心由衷地感謝。感謝新竹縣大家長：邱鏡淳縣長；怡和保全的郭博士；全達國際旅遊事業機構的家卉；交通大學的劉博士；以及桃園外社國小的鄭校長！認識您們，是麻吉畢生的光采，也因為您們，我的人生益加香醇與濃郁了起來……。

CONTENTS 目次

Part2 坐下

Part3 放下

Part 1 停下

忙碌，是親情的懸崖、愛情的障礙、友情的圍籬，更是健康的殺手！庸庸碌碌的生活，往往讓我們錯過生命中許多精彩又動人的景緻，建議調整一下你的生活步伐吧！

生命一如疾駛向前的火車，無論是慢車或快車，一樣都得走走停停！你我都是自己生命的列車長，但偶爾的角色也可以是沿途欣賞窗外美景的旅客。倘若將每個人的生命當作是一個定數來看，走得越快的你；是不是就越快接近生命的盡頭呢？

停下，你才會真正的看見……原來沿途竟有這麼多美麗的風景啊！

1

臉上開出一朵太陽花

加完油，車尚未到達洗車場，只見他頂著小平頭並穿了一雙黑色的雨靴頻頻向我招手，以他特殊的熱情方式導引著我驅車定位。

約莫三十歲的男子吧！其舉止顯現出身心應該不到二十歲的年紀，但漾在他臉上純真的笑容卻是天下無敵；彷彿一朵太陽花綻放在他的臉頰之上。那笑容不管是陌生的或熟稔的眼神一旦與之碰觸，人人無不心生歡喜。

車剛到位，即見他深深地一鞠躬，抬起頭後便保持他那如陽光般的笑容：「先生，您要純機械水洗還是外加泡沫、水蜡洗車？」

盯著眼前這一位弱智但和善的洗車特約工，內心沒有絲毫的同情或任何鄙視的想法，反而湧起一股難以言喻的怦然悸動，尤其看見他謙卑地彎下腰對著每一位客人真誠問候的那一瞬間！

他的發音，聽來有許多個單字都模糊不清，他以為我沒有聽懂意思，於是又刻意以極緩慢的說話速度再一次補充：「先生，您的車要純機械水洗還……？」

「加泡沫及水蠟，謝謝。」不忍心見他話說得那麼吃力，趕緊地回覆他的詢問！

洗完車，見他拿著一塊好大的棉布繼續為我服務。擦拭完的愛車，晶瑩潔亮猶如首購的房車。陽光下，我的靈魂彷彿也被輕輕洗滌一般，那些蒙埃納垢的鬱慾在心上似乎已經一塵不染！

搖下車窗，我感恩地向這位洗車男子說：「辛苦了，謝謝你！」

只見他，彎下腰又深深地一鞠躬，抬起頭後又以他那並不標準但非常嘹亮的嗓音高喊：「歡迎再度光臨！」

啟動引擎，準備前往上班的路途，我在駕駛座左邊照後鏡頻頻窺視著他的身影，那漾在他臉上純真的笑容依舊是天下無敵；彷彿一朵太陽花盛開在他的臉上，而那美麗的花影似乎亦隱隱鏤刻在我的心上。

★麻吉の知心話★

彎腰，不一定是因為身份卑微，也未必是低下認錯，有時只是因為你內在的本能，真情流露出來的一種氣質展現。有此氣質者，常有做大事的氣度！

西諺有云：「最豐滿最好之稻穗，便最貼近地面。」所以，謙卑才是擦亮生命最好的潤滑劑。

2

果園蔓生的雜草

山上的果園，近一年沒有鋤草了，姑婆芋還有芒草居然長得都比人還高！附議大哥的提議，週末相約一起去整理整頓，星期五的晚上，終讓塵封在頂樓的除草機重出江湖。

果園裡蔓生的雜草讓許多樹種瀕臨死亡，去夏一心栽植的無花果與初春接枝成功的砂糖橘幾乎失去生機，唯見龍眼、土芒果、柚子以及芭樂等等較大較強壯的果樹仍不畏懼層層纏繞的蔓藤，依舊堅挺地朝著陽光處努力生長。

有道是：「枯樹無果實，空活無價值。」一點也不為過！

經過幾位路人，邊看我們除草邊用客家話打趣著說：「你們再不來整理，三樓高的龍眼也會變平地！」另一位路人接續說：「人勤地獻寶，人懶地生草。煞猛（勤勞）鋤啊！」

停下工作，關上吵雜的引擎聲，我以客家話回應：「寧可與人比耕田，不要與人比過年。有閒來燎啊！（有空來玩！）」

他們熱情地向我揮手，不時發出爽朗的笑聲。

花了一個早上的努力，果園裡的雜草已經除去大半，原計畫著一年準備想做的事，真正執行時卻花不到一天的功夫。所以有的時候，與其腦袋裝有一千個想法，不如實質邁出步伐去執行一件要事。

除了果園裡的雜草需要常常清除之外，暫存在電腦磁碟裡一些的瀏覽紀錄每過一段時間也要刪除。相對的，存乎人心的雜念也有必要定期清理，莫讓內心蔓生了雜草，唯有這樣靈魂才不容易生病。

以前父親常說：「有田不耕谷倉虛，有書不讀子孫愚。」而今父親過世三年，空留一片果園無人打理，那我們不正如有田不耕、有書不讀的人一般的愚昧嗎？

心念至此，於是又重新啟動鋤草機的引擎，我們不但不想做個愚昧之人，而我們都渴望在年底有機會親自採摘結實累累的超甜大椪柑。

★麻吉の知心話★

不要把太多的雜事種在自己的心上，要讓心田時時保留潔淨單純的空間，唯有這樣，才有機會栽植其他更新、更甜美東西。

「心眼」很小，常容不下一粒沙塵，更何況是一片雜草！想要維持身、心、靈的潔淨，別人可幫不了你，因為自己才是那畝田園的主人。

3

兩個犁

讀書會，讀了一個寓言故事：有兩個犁，它們是同一塊鐵鑄成，由同一個工廠鍛造，但是它們的命運大不同。

其中一張犁落入農夫手裡，從此它的身體天天與田裡的土石接觸，生活沒得空閒；生命也無法自主。另一張犁被商人買走，一直悠閒地放在櫥窗的櫃子裡展示著。

日子久了，櫥櫃裡展示的那個犁漸漸長出了鏽鐵，表面也不再晶亮，終見其落寞地躺在櫥櫃的角落。反之，日日在田裡辛勤耕耘的犁卻越耕越亮，表面閃閃發光，無時無刻都充滿著自信。

犁，好比兄弟姊妹，透過相同的父精母血所生，雖生長在同一個家庭，但未來因各自發展所以命運從此殊異。也像是同校的學生，雖然相處在制式的學習環境，但因個人努力的程度不同，造成最終的成就也有極大落差。而其中唯一有交集之處，在於能夠持續努力者其人生發光發亮的機率也相對的提高；一如日日在田裡辛勤耕耘的犁，其表面始終不易長出鏽鐵所以才能平滑又光亮。

這篇寓言，讓我有很深刻的反思！到底什麼樣的命格，才算是好命？什麼樣的日子，才算是快活？而什麼樣的人生，又才算是幸福呢？

三十歲以前，我們都是其中那塊犁，生命是必須被磨合與雕塑的，然而任身心再怎麼被犁磨，前方總有一頭牛低著頭在路引，所以不會茫然。三十歲之後，角色互換，我們的身分也將悄悄被換作主動拉耕的那頭黃牛，哪怕是氣窮力竭或步履蹣跚，因為身負了導引後方那塊犁必須耘出一片平坦的好田，所以再苦的日子也會覺得甘之如飴！

原來，好命與否？快活與否？或者幸福與否？一切都在於心境。

而我是這樣想的：當父母健在還能為我們犧牲；那就是好命。有子女陪伴並等待我們付出的日子，就算快活。而當子女長大並各自擁有自己的一片天之時，那種人生應該可以稱之為幸福吧！

★麻吉の知心話★

強者的成功祕訣無他，「勤能補拙」一句話即道盡天下訣竅。一個人好命與否，這其中無關生辰八字，只是攸關年輕時努力與否的問題。努力，雖未必是成功的唯一機會，然而不懂得努力的人，卻連成功的機會都沒有。

人生，只有用心犁出來的輝煌，卻永遠不會有等出來的風光。

4

盛開的櫻花

文人徐志摩曾寫過：「數大便是美」。譬喻在櫻花最貼切了，當見滿園的櫻花燦爛，是不是連樹下正賞花的你也是心花朵朵開呢？

但是，我卻遇見一株櫻花，春陽下，她兀自繽紛；獨自嬌艷。樹旁未見櫻林成群，無須群花萬舞凸顯這個季節的美麗，她……本身就是春天的代言。

人，往往也常在許多同事圍繞、朋友互拱、長官賞識、同學相激、雜事充填下才能凸顯時間的充實。所以，下了班後的你；放學後的你；玩樂後的你；忙碌後的你……一旦回到了家，就像洩了氣的氣球一般，作息與靈魂儼然都皺成一塊了。

孤獨，不見得是一樁壞事！享受一個人喝咖啡的濃醇，悠遊一機在手的搖控樂趣，沉浸夜晚伏案書桌前靜心思索的自由，這些都是生活腳步停下了之後，才能感受到的生命甜度。

所以，你也可以是那一株獨自盛開的櫻花。繽紛，嬌美在你自信的心上；花香，濃郁在你工作（課業）的能力之上，不需要過多的外媚加諸於你的美，魅力；早已悄悄盛開在你的臉上。

★麻吉の知心話★

打動人心的美麗，往往不是臉上的濃妝或身上的華服，而是發自內心的自信與臉上延伸出來的笑容。

5

手心裡的溫柔

朋友於一個月前即苦口婆心呼籲，希望我務必參加這次一期一度精心規劃的心靈成長課程，而我幾番考慮；總是被煩事鎖身而排不出空檔。

可是到底有多麼偉大的事務；將讓自己無法挪出時間去體會這堂非常有意義的課程呢？捫心自問後，我試著一一排解每個衝撞的檔期，當萬緣放下後才赫然發現所有的阻礙都是自己仍須面對的必修課題！內心真誠的感謝，終有機會參與這次極為難得的課程，讓我的心靈得以成長，對生命的認識也藉此有更精闢的見解！

一天的課程中，感謝每一位授課講師的認真與專業，讓學習中的我們懂得「感恩是自己心念的良藥，而懺悔是個人行為的良師。」一如家庭不順也許是因我們的智慧被蒙蔽了，所以一旦管教孩子遇到瓶頸時那正也是我們反觀自省的好機會，老師也常告訴我們，當你能在內省中悟得真智慧便是老天給予最棒的加持，只要以至誠的心去內省、懺悔和感恩，便能從中得到許多領悟。

佛家有句話說得真好：「人身難得今已得，佛法難聞今已聞；此生不向今生度，更向何生度此生。」我鎮日在想，很多時後真的是知易行難啊！想當初自己也是明知道內省很重要，可是依然沒有智慧去追尋與善解，有道是：「善似青松惡似花，看看眼前不如它；有朝一日遭霜打，只見青松不見花。」這又意味著不禁一番寒徹骨；焉得梅花撲鼻香的認知，是否非得歷經大劫大痛，才有機會大徹大悟？

適逢今生有幸修了這們課才得以懺悔的機會，我實在應該感恩啊！

一整天的課程安排，其中令人感觸最多的部分應該是晚會暨學員們心靈分享的時段。其中對於矇眼攜手共進退的設計很喜歡，那種在黑暗中摸索的經驗，還未油生驚恐的感覺，就有許多充滿自信與溫暖的手掌提攜著我們一會兒向前一會兒向後，時而安頓坐下又時而契領站起來，多麼類似父母教育、養育子女時的苦心！

作者扎西拉姆・多多在其著作《班扎古魯白瑪的沉默》有一段經典名言：

你見，或者不見我，我就在那裡。不悲不喜。
你念，或者不念我，情就在那裡。不來不去。
你愛，或者不愛我，愛就在那裡。不增不減。
你跟，或者不跟我，我的手就在你手裡。不捨不棄。
來我的懷裡，或者讓我住進你的心裡。
默然相愛，寂靜歡喜。

提筆至此，念及這蒼涼世間，有聚，終歸有散。有多少人牽了手，又放手，唯有美好的記憶才是生命的一暖爐。哪怕只有手心裡的溫柔，也是塵世間最溫暖的火焰。六世達賴倉央嘉措曾這樣的福佑美好人間一段話，其中每個文字的分享都是每次心靈最真誠的觸動！我想，這就是生命的最好紀念吧。

★麻吉の知心話★

手心裡的溫柔，也是塵世間最溫暖的火焰。

生命如歌，總有一刻心靜如海。我們應該懂得心存感恩，感謝那些曾經為我們的心頭加溫，如十指相扣帶來所有感動的那些人。

6

一個人的旅途

在一個很深很深的闇夜，在書桌前整理到以前軍旅生活的相關文件，其中一張照片是服役二年中，唯一留下來的一張相片。

一襲軍裝襯托著年輕時候的傲氣，胸前掛著一個醒目勳章，那是得到「全國莒光楷模」授頒的殊榮，那時候正值蔣經國當政的末期，當時他老人家的身體健康已差，頒贈儀式委由副總統代理，所以從李登輝的手中接過這個獎項時，雖然內心充滿著喜悅，可是感覺還是有那麼一點兒的遺憾。

時時回想自己在當兵的那二年歲月，從新竹火車站出發到台東那段車程既遙遠又昂貴！一個人的旅途，寂寞又無助，因為首次一個人揹著行囊離鄉背井，不管是循北迴或南迴搭車，新竹往台東永遠是台灣東西二地最遙遠的等距！

而真正遙遠的不是路的距離，而是那種難言之隱的心距！我從家鄉趕赴目的地並非一般軍營，而是看管刑犯的監獄，這個秘密我隱忍了二年，終於在光榮退伍的當天才告知年邁的父母。

一個人的旅途幽幽走了七百多個日子，回鄉前，我將行囊裡的寂寞全數傾倒，然後裝滿長官的關愛、同志們的祝福、還有自己一路成長的榮耀，這段路有笑有淚，一如蘇花公路的清水斷崖，回首來時路，俯瞰生命中奇岩峭壁與心岸上拍打的粼粼浪花，回想其中總是充滿感嘆驚奇，深信在那一段壯麗的風情也勢將成為我生命裡難以磨滅的美景。

★麻吉の知心話★

奔馳在公路上的跑車，不容易看清沿路美麗的風景。鎮日汲汲營營忙碌在事業上的人們，往往看不透「錢」與「閒」其實終究是人生兩條平行的鐵軌！

一個人，總是在孤獨自處的時候，才能觀照到自己的內心。一如愛默生說過的一段話：「唯有你自己始能給本身寧靜。」

7 吃苦也是一門藝術

廟前廣場，故鄉的鄉親們為了迎接「第一屆亞維儂藝術節」的開幕，各村里及學校社團代表輪番地在廣場前獻藝，本是一個寂靜的小鎮，倏忽地熱鬧了起來。

女兒今天有一場烏克麗麗的表演，父母通常都是子女的粉絲，所以我拎著相機就充當了一日的攝影志工。當下，拿著相機四處補風捉影的好攝之徒真的不少，而我卻發現，原來女兒就讀的國中校長，其實才是學生們真正的頭號粉絲。

就在我專心地將鏡頭聚焦在一個表演者認真的臉龐上時，妻子指著廟門口坐著的一位中年婦人，似乎提醒著我那畫面的確是太搶眼了……瞬間，我也放下了鏡頭，不自覺地將目光定格在那一位婦女身上。

約莫六十多歲的年紀吧！頭髮蓬鬆，身著一襲紅衣長裙，那穿著根本不像這個世紀時下婦女習常的妝扮，只見她大辣辣地坐在廟門口左側那隻石獅子的背上，隨著展演中的音樂旋律兀自手舞足蹈起來，儼然是個無視世俗眼光的大小孩，漾在她臉上的笑容像一道雨後初晴的陽光，潔淨無暇而且沒有一絲的汙染。

想將她的笑容拍攝下來卻又不想造成干擾，於是不刻意地走近與她距離約有十公尺的地方，再度拾起相機準備將鏡頭對焦在她的臉上。

「她真是一位苦命的大嬸！還好心頭放得開，不然……」此時，耳際突然傳來一位男子的聲音。

趕緊按了二次快門，之後轉頭確認到底是誰在對著我說話：「這位大哥，您是否想告訴我關於她的故事？」說話的正是一位與那位大嬸近似年紀的男子。

「她的故事一籮筐，若要認真談起來一部長篇小說還不夠寫！」鄉親，就是那麼熱絡，認不認識無所謂，話說上三兩句就好像挺熟了。

「那我用一瓶仙草茶換一段故事怎麼樣？」精采活動當前，誰會有閒暇說故事？其實，純粹是一場玩笑式的對答而已。

「在我這個世代的台灣人有哪幾個生活不苦的？只是苦得像她那麼坎坷又能微笑面對者真的不多！也許，她把吃苦當成一門藝術課來修。」他沒把話語說滿，也未繼續交代細節，一溜煙又消失在人群中，只是關於她多舛的精采故事，就那樣讓它懸在廟的屋簷下面，劇情彷彿一切還沒開始但也尚未結束。

到底是具備怎樣的人格特質才能夠將吃苦也當作成一門生活藝術……弱智嗎？要不然就是一位大智者！唯有智者才能用最少的悔恨面對過去；用最少的憂鬱面對現在；用極度的正念面對未來。

藝術節的節目循序上演，一如彼此的人生也朝向個人的夢想兀自演繹著，我依舊雙手拿著鏡頭四處取景，未料心頭卻悄悄地浮上了一些莫名的畫面。

★麻吉の知心話★

生活很苦，但是心念的改變，可以讓靈魂轉向富有。靈魂富有之人，其一切的改變，總是能在快樂的心域之中進行。因為保持身心寧靜，所以才能從容面對生命中所有的逆境。

從小學習吃苦，長大後必能了解原來挫折才是讓生命回甘的重要元素。若你也明白，吃苦也是一門藝術之後，縱使面對難過的事情，相信，你一定也能坦然地笑著把苦說出來。

8 一次極特殊的殺價攻防

有位同事多次的向我說過：「殺價，是一場數學邏輯的攻防！」他得意的顯示著剛剛在3C賣場甫上演完畢的一齣「iPhone愛瘋」傳奇。

我並非全然同意他的想法，回說：「數學，只是生命中一種輔助生活的工具而已，怎麼可以把它奉為待人處世的價值觀呢？倘若生活中一切大小事情都必須靠數字來衡量或下決定的時候，從數字中算計得來的好處，很多時候也可能會成為生命裡其他面向的負擔！」

「既是功防，當然就會有所得失！」他一臉不置可否的表情。

我再提一些個人觀點：「比如說，很多時候從市場裡以「好價錢」買回來的水果，回家後才赫然驚覺，這些水果竟然都是三合一的品質！也就是整籃的水果攤開來之後發現，上面是『頂好』、中間是『OK』、下面竟『全憐』！這時候……你該怎麼辦？」

一番相關語的敘述，他也忍不住笑了起來：「個人造業個人擔囉！」

突然聯想到一段際遇……記得於去年冬春交替時分，夫妻倆至台中大坑訪友，回程時順道參觀了當時舉辦的花展，會場前沿路都可遇見許多賣香菇的商家，但其中一個攤販卻深深吸引了我的目光，那是一位阿嬤看顧的攤子，賣的是自家栽種的東勢椪柑。

路邊停好了車，然後趨前詢問價格。阿嬤笑容可掬地為我一一說明：「這堆較大粒的三斤一百，旁邊那些較小的四斤一百。」

我在大顆的與小顆的橘堆之中，各挑了二袋。邊挑也起勁地與她邊聊了起來，聊談間才明白阿嬤已經八十五歲了，我說她的年紀與臉上的皺紋真的與自己的母親好像！所以不捨其年紀一大把還要在這裡顧攤賣橘子，但提起了兒孫時只見其滿臉笑容頓時化為苦澀的愁容，原來她必須靠自己自立更生！聊到這，我不好意思再追問下去……

結帳時，她慈祥的告訴我說：「大顆的橘子我賣你四斤一百；小顆的就五斤一百啦！」

我連忙拒絕：「萬萬不可！這樣我佔了您太多的便宜，何況這些橘子都要成本。」

阿嬤一點也不以為意：「這些水果我也沒有噴藥，也沒有施肥，一切都是上天眷顧著我，雖然這些橘子並不是大又漂亮，但連鳥兒都搶著吃的水果保證一定是甜的啦！」

我本來就無心殺價，得知阿嬤的境遇後更不願佔她的便宜，然而我越拒絕她彷彿越不高興，反而又多抓了三、四顆橘子放入袋內，還直說那是請我帶回去給我的母親吃的結緣禮！

論價，真的是一場數學邏輯的攻防嗎？我反而相信，那只是一種哲學心鏡的隱顯。

誠如我與阿嬤之間的討價還價，當心裡顧念著對方；而眼中沒有「我」的存在時，似乎討的僅是一種「慈悲喜捨」的豁達；還的也是一種「布施隨喜」的歡心而已吧！

★麻吉の知心話★

許多的時候，尤其在您有限的歲月裡，其實您「使用」中的東西真的太少，但是在您家裡、房裡「不用」的物品常堆得滿坑滿谷，一切都歸咎於內心的欲望。

人心，往往是失衡的，真的必須均衡一下！諸如：偶爾吃點小虧；學習飢餓；試著承受人生裡一些的不完美等，這樣情緒才有適度的出口。

倘若「需要」與「想要」在心中能相互提醒；「吃虧」與「佔便宜」也在愛裡能彼此包容，相信身、心、靈一定也能臻於完滿的均衡。

9 像根草的人生

我只知道他的年紀和我一樣，而幾十年來我一直不知道其真實姓名，我都喚他「同年的」。

小時候，在農業時代裡，家中若有現代所謂的「精障」小孩誕生，那是極容易被嘲笑與忽視的！鄰里間的三姑六婆會將其父母喻為因前世造孽所以今生才會生下弱智娃兒！這樣的小孩不但得不到政府的重視（當時學校並沒有特教班的成立），父母也不會送他到學校上課的，如此的小孩，他的人生就像一根草，在天地之間自生自滅！

他住在山區的村落裡，不管是炙熱的夏天亦或凜冽的寒冬，總見他一雙赤腳走遍大江南北！從來沒有上過學，但是從早上出門一直到晚上才回到家，也不會有任何人過問！曾經早上在新補的市場看到他，晚上到了關西的鎮上又看見他的身影，他住在這兩個鄉鎮之間，二鄉鎮的路距將近十二公里，來回之間我猜想他的二條腿應該走了接近二十五公里的路程吧！但是在他的臉上卻未見疲態，與我們接眼相視時依舊是保持一貫傻呼呼的笑容。

十歲時見他如此；二十歲時態度依然；三十歲時完全沒變；四十歲了還是這樣！唯一不同的是，在他的額頭上多了好多好深的皺紋，而且不知何時開始在他的背上突然看見多了一個超大型的塑膠米袋。

袋子裡，時而擠滿時而稀鬆地裝著他沿路檢拾來的寶特瓶以及塑膠飲料罐，他馱負著這些寶物（世人眼中的垃圾）時，嘴角總是保持上揚的，我想也許最後可以換來一筆錢吧！

某日，上班的途中，一個背著米袋的熟悉身影於眼簾倏忽乍現，心裡霎時忖度著：他沒讀過書，怎麼跟回收場的老闆算錢呢？而掙來的錢又如何的與他人交易呢？

常想：天地間的帳，世人總是數不清其玄妙的！而人與人之間的帳，也總是在利與害、施與捨、得與失之間模糊存在著。也許，因為他不懂得計較，所以世俗的一切交易就會變得那麼的合理與值得感恩。

長輩常對我說：「草，沒人心疼，在天地間卻總是比菜更容易成長！」原來，像根草的人生，反倒能見其韌性。懂得欣賞，也能看見它們在陽光下迎風搖曳時的美麗。

★麻吉の知心話★

畢竟，苦心培育的菜苗，既脆弱又易招蟲咬，而蔓延在園裡園外的雜草，總是鋤不盡卻春風吹又生！這現象，猶如沒人心疼的小孩，長大後很多當上大老闖！而過度保護的孩子，出社會後反而容易失去面對挫折的能力。

畢竟所謂的教養，即是既有養，也要有教！

教育家福祿貝爾說過：「教育之道無他，唯愛與榜樣而已。」而愛與榜樣，其實就是給予「包容」與「學習」的管教方法，這套的教育理念，身為父母者需要擁有「雅量」，也必須具備「以身作則」的決心！您……具備了嗎？

10 笑看八九

病人向同一位醫生看診久了，彼此之間也能建立起一種微妙的友誼關係。方醫師，即是我與妻子都非常熟悉的家醫科醫生。

他除了對各類醫學書籍鑽研極廣之外，對於佛學修習亦涉獵極深。每一回的問診，總是悉心問候並與病患深度交談。他說：「有許多的疾病，並不是單純地開立一般藥方就能輕意痊癒，很多的症狀都是由『情緒』所引起的，所以遇此病患之時，若能靜靜地『傾聽』，這比任何的科技藥方都來得有感，甚至有效！」

某日，帶母親回診，妻子見方醫師博學多聞又胸懷悲心，於是試想開口邀約方醫師到我們的志工團體演講，他竟毫不猶豫的滿口答應了，當下還回饋我們說：「想聽什麼主題都可以，比如說《不生病的人生》、《嘴裡吃出來的疾病》、《從疾病看因果》……等等都是他說過的講題。」

哇，好棒！除了全程免費之外，他還說希望在演講時能帶給大家一些意想不到的收穫。這一番話真的讓我們的心頭法喜盈滿，頻頻致謝之後，我們高興地就此揮別離去。

數月後，他依約演講，分享的主題是：「笑看八九」。

破題，他引述張忠謀的《常想一二》那篇文章，強調說：「人生不如意事時常八、九，不如意的事佔了生命裡面的決大部分，因此，活著本身是痛苦的。但扣除八、九成的不如意，至少還有一、二成是如意的、快樂的、欣慰的事情。」

然而，並不是每一個人都能想得通，也不是每個人常想那一、二成好事就一定能過著快樂人生，因為每個人的個性不同，所以抗壓性也是各有不同，如何在面對那些八九成不如意的逆境而不致被環境所擊倒了，那的確考驗著一個人的生活智慧。

總結時他特別強調了「轉念」的重要性！

的確，因為人生不如意事時常八、九，既然無法瀟灑地「常想一二」，那何不試著學習去「笑看八九」呢？俗諺說得好：沒有走不出的道路；只有越不過的念頭而已！退一步，海闊天空。原來「轉念」的功夫，不但是修行者學佛修性的不二法門，也是凡夫俗女們值得一輩子去用心學習的人生功課啊！

★麻吉の知心話★

人生不如意事十有八、九，煩人的事總是無所遁形！上班時，無法即時趕交簡報；煮飯時，不小心砸破碗盤；檢查小孩的聯絡簿時，看見老師在欄內抱怨連連；逛街的路途，高跟鞋的鞋根竟莫名的掉了……哇！起床時，原本一切都好好的，怎麼只是幾個時辰，你的心情就跌入了谷底呢？

因為人生裡不如意的事常佔了生命裡面的絕大部分，那麼如何有效去化解生活中的阻礙；推開自己腦袋裡的煩惱，那絕對是自己的功課，他人倒是幫不了您！

所以，我們真的應該時時檢視自己的內心，務必要讓那些心頭過不去的念頭逐一排開才可以。「轉念」這種功夫，關鍵不是在「努力」，也不是在「奮鬥」這些字義上而已，而是在「抉擇」這二個字延伸而至的「行動力」上面。

11 謙卑的力量

在世貿電子展的會場，巧遇了一位多年不見的朋友，曾經是昔日共事的下屬，而今卻是近百個員工的公司負責人。

接過了他遞過來的名片，低頭仔細端詳其公司名稱還有營業項目，腦海裡不時湧現著眼前這位老同事過往的點點滴滴……，做事認真、勇於負責、有擔當也有創見，是一位值得交付任務的好幫手，「謙遜」一直是他擁有深度人脈的最好口碑。

這樣的人才，也有可以被拿出來挑剔之處，那就是與同儕比較他的學歷實在太過普通了，在高科技公司任職，專科學歷通常是很難與一般碩、博士相提並論的，雖然學歷絕對不等同於能力，然而它往往是被人事部門拿來衡量績效評比的一項重要性指標！

「制度誤人」，他就是典型的例子。對一位優秀又極具潛力的員工而言，出走，應該不算意外；不走，才真是奇怪！以一般上班族來說，「認清事實」絕非是一件難事，可是願意面對現實並突破現狀者，除了需要「勇氣」之外，還真的必須具備破釜沉舟的「決心」不可啊！

閒聊了幾句，對於他當下的成就敬佩不已！他對我言下的恭維卻是不斷地搖頭反駁：「不敢當！不敢當！何來的成就可言？反倒是午夜夢迴時，常會覺得自己肩負了近百個家庭的生計，是故總是告訴自己，絕對不可以輕言放棄，也不可以怠惰或不持續地努力啊！當下，我只能努力地往前走，因為不會再有猶豫和卻步的權利。」

話語剛歇，攤位前又見許多的客人造訪，有些是看展的訪客，有些是生意場上的來賓，只見他面露微笑，卑躬屈膝頻頻地彎著腰與造訪者一一打招呼，此時，我也發現了他遞給我的名片上完全沒有加印任何的頭銜，感動著他仍保持著他慣有的謙遜精神。當我望見了他躬身四十五度角的側身畫面，頓時，那謙卑的力量衝擊著我的內心，我對眼前所見的畫面悸動不已！

那躬身的角度，反映著那些成功達人的創業精神，也驗證了一位領導者充滿智慧的處事態度！

★麻吉の知心話★

別以為，在別人的身前彎個腰，彷彿自己的身份地位就因此被矮化了，而事實剛好相反，那反倒是一種「柔裡帶剛」的展現。

彎腰，是人際學重要的學分，身體屈伸之間有一股力量展現，看似卑下但實質高尚；彷彿軟弱而實際剛強。不會影響健康、不致影響人格、不會損及尊嚴、更不致失去立場！

在您躬身彎腰的剎那，世界已經悄悄的在改變了。其實，不是您突然改變了世界的什麼事情，而是您漸進式的軟化了某些的「人心」！

12

頂樓上的曇花

頂樓，本是父親藏納木工治具的場所，外加農具、中藥材、上百斤曬乾的仙草葉以及頹廢的花圃等等，當這些萬物聚集，頂樓最後綜合成為一片驚人的「廢墟」。

父親走後，我花足了二個月的工作天，最後才把這一片「廢墟」還原成半片花園。為什麼是半片呢？因為擁擠的一切已經讓我煩悶許久，凡事無需「太滿」了！視覺上如此；精神上亦然。

聖嚴法師說過一段話：「人總是想要的太多，反而真正需要的太少。」過度擁擠的空間讓人心情煩躁，當我決心整理整頓的當下，其實已經橫了心決定做好「捨棄」的萬全準備了。

完工那一天，正逢周末假期，邀請了一些好友在自己重整後的空中花園泡茶。當我點亮了花架上省電燈泡的霎那，聽見了好友們的驚呼此起彼落，簡直與原來的「廢墟」落差太大了。

「你家樓上的秘密花園，儼如一座人間秘境！」其中某位友人脫口而出。

於是，邀請大家一一在花架底下的木椅上入座，妻子獻上了我們家自製的酒李、脆梅，我則泡上甫從花園裡新鮮摘下的迷迭香、檸檬香茅還有清涼薄荷葉組成的一壺特製「療癒花茶」宴客。嘻笑間，侃侃暢談著我在這一席土地上辛勤的「開荒史」……其中清掉了快一千公斤的鏽鐵；近一百包（三十公斤）的土石；七人座休旅車運走了裝滿著蠹腐的木材來回共計二十趟。

友人聽了我的一番敘述，莫不嘖嘖稱奇。我接著說：「還有更神奇的呢！就在這片的廢土上，其中一堆有鳥兒的糞便遺留未消化的榕樹種籽，居然長得比我還高哩！那榕樹的根，其底部錯雜複雜地盤繞著牆垣，足見這片頂樓真的荒廢雜亂了好久！，一如我怠惰的靈魂，多年來一直荒唐又沒有絲毫精進！」

以前，總是對著父親抱怨說：「我們家的頂樓有如超集垃圾場，就放手讓我整理整頓好不好？」因為先前偷偷打包丟棄了許多的雜物，可是每到一樓就被眼尖的父親「攔截」下來，一次次的革命總是換來父子二人的高血壓，最後……是我選擇了放棄！然而，我卻依舊未曾放下。

父親遺留的花圃中，百花皆已枯寂，唯剩蔓延一片帶刺的仙人掌難以處理。其實，還有一株奄奄一息的曇花躺在一個半破的塑膠盆裡面。後來，我替它更換了新土，並移植於一個更大的花盆裡面，它也成了唯一留下來的花卉了。

每每想起這一段往事，心頭總是感慨不已！事隔多年，相信歲月會促使我們學習領悟。時光之輪不斷地向前輪轉，年輕的時候，某些夢想；某些理念；某些想法，也許都因為太年輕而過度堅持而不願妥協，可是一旦上了年紀；或者是逆境遭遇多了；亦或是閱歷豐富了，就會有一種「曾經滄海難為水，除卻巫山不是雲。」的豁達了。

前些日，睡前上樓看看花草，驚見那一株曇花生長得真好啊！不但枝葉茂盛，數一數居然還有十朵含苞待放的曇花即將要綻放啦！我迫切地將此花訊告訴了妻子，並相約晚上十二點過後一起賞花。

有多久，我們夫妻倆沒有如此浪漫了呢？花前月下，雪白怡人的曇花朵朵繽紛燦爛，在闇夜裡幽幽地綻放著，這難得的景致唯獨「有心人」才得以見其美麗吧！那素雅中帶著淡淡的香氣，讓我忍不住湊過鼻頭想吸吮這抹香味……，啊！我想，這應是初秋時節最耐人尋味的味道了。

「這也是父親留給我最難忘的一抹幸福香氣了！」鼻頭尚未移開，我心頭如此想著。霎時，眼眶忍不住濕了一片。

★麻吉の知心話★

是的，人生短促猶如曇花一現！既知如此，為何還要錙銖計較那些抓不緊又握不牢的事呢？

如您塞了滿嘴的飯，咬沒幾口即發現有一粒小石被您咬碎，此時您會毫不猶豫地繼續吃完，還是選擇立刻吐出來置入餿水桶？

有些事，並非一朝一夕就能輕鬆解決；有些人，也不是三言兩語就能被您說服；有些傷，更不是將藥吃了就會痊癒。人不能活得越久，反而讓心頭的悶堆疊得越來越沉重，生活若是如此，生命怎能獲得輕盈？

釋懷，才能心如活水；慢活，才有機會看見生命中的曇花。

13

滿園盡是花果香

顏色，原來是一種潤心慧智的感受。你喜歡什麼顏色？不要讓政治污染了色彩，也不要讓煩囂使顏色就這樣地羞愧蒙塵！其實，紅就是紅，綠仍舊是綠，而藍還是藍！倘若各種顏色集結一起縱使成為一道鮮豔的彩虹，但我還是瞥見了每一種顏色依然炫麗奪目地充滿個性。

每一種顏色都有它與生俱來的美麗，重點在於你有沒有站在欣賞的角度來看罷了。

想問問你；有多久沒有好好地一次親眼目送夕陽下山？那暖洋洋的金黃色有多久未勾起你的悸動了？也許，忙碌的確讓你的腳步趨急！

試問；已有多久沒有好好地一次全家出遊？可能各忙各的彼此，鎮日只有用眼睛相處卻沒有用心相遇！你的子女、你的姊妹或者是兄弟們髮上挑染了何種顏色，或使用什麼品牌你是否依然明白如昔？

異鄉的你，多久沒有與親人話家常？也許父母的記憶已老化，而頭髮已斑白你還置身事外！現在的你，對白色有沒有一種感慨的心情？

你有多久沒有到過一個農場，或者是親訪一處花園去盡情吸吮，那些洋溢在空氣中怡神醒目的自然香氣？也許，那滿園盡是花果香溢感覺，在你的記憶裡已飄得好遠好遠……。

還記得草莓是什麼顏色？也許你笑我多此一問！但是若問你有多久沒有親手摘下一顆草莓，你能馬上回答我嗎？你知道甜椒有幾種顏色？你可能還是笑我多此一問！但是你是否曾經或是已經很久不曾現採一顆甜椒，然後當下沾著梅子粉大快朵頤……？

最喜歡什麼花？最喜歡什麼花色？最喜歡什麼花的香氣？你還最喜歡什麼……

其實，我最喜歡於工作時放下手邊的工作，靠在窗邊目送著夕陽緩緩下山。我最喜歡於休假時與家人一同旅遊，享受心靈釋放。我最喜歡茉莉花，最喜歡粉紅色的玫瑰，最愛桂花香氣。我還最喜歡接到老友的電話；最喜歡收到部落格裡朋友的關懷留言；最喜歡看到自己的文章又在報紙上刊登……

還有一個最喜歡，那正是最喜歡在滿園盡是花果香氣的農園，貪婪地擁有紅、橙、黃、綠、藍、靛、紫各式各樣的顏色，而那裡每一種顏色都充滿著元氣，總是充沛又無私的汩汩地注入我的靈體。生命，就是因為多元與多彩而瑰麗。

★麻吉の知心話★

人生不過是一個超大的農場；個人兀自有著自己的種籽；自己的季節。您就是自己果園的主人，您想種出什麼樣的水果，都由您自己去做決定。努力耕耘者；可見滿園盡是花果香；而怠惰者，

人世一遭，到頭來也不過是白忙一場。

14

那消失的笛聲

曾經，一種源自火車頭的笛鳴，在這山谷之間幽幽迴響。曾經，一些汲汲營營的腳步，在這遍野之間熙熙攘攘。而這些曾經繁華的過往，都已成一頁歷史。

時間總是略帶鹹味，足以將人世間的變遷、歷練等，醃漬成餘韻迴甘的記憶。泛黃的相片；滄桑的枕木；舊時的商標；那些門前石階與窗前皓月；那些忽明忽滅的闌珊燈火；那些曾經匿跡消失的笛聲……，在這令人懷古思情的村落裡，昔日的悲歡歲月，似乎已經漸漸地在文化的迴廊中緩緩甦醒。

古人說：「一年之計在於春」，春天是人們事業或生活衝刺的起點，春天是百花爭妍美麗嬌豔的季節，春天是鳥叫蟲鳴萬物充盈著生氣的初始。我至三義於拜訪友人的順途來到了這個小村莊，一次原來不在計劃中的行程，卻成了生命裡其中一回美麗的驛站。

三義，一直是個多霧的山都，連毗鄰的村落一樣是煙霧縹飄邈，雨絲紛紛地遙從天際墜落之後，芎蒼的臉也逐漸的黯淡下來。月台的燈火開始點亮了；對面，穿過鐵軌就在視線的正前方，掛著「山中傳奇」招牌的霓虹開始訴說著童話，那徜洋在綠林間的白色洋傘已經翕合，但是氤氳在空氣中的浪漫才要開始。

天空，矛盾在明亮與黑暗之間。當天邊彷彿還在眷戀著那一抹藍色同時，而週邊商店的燈火通明卻好像在昭告夜晚已經悄悄地來臨了，還提醒著四方而來的遊子們：累了嗎？請暫緩腳步，留下來！這裡有俯拾即是的感動。

路面一直是濕滑的，其實人生的際遇也是如此！有時候筆直順遂；有時候往往是蜿蜒濕漉很容易讓人跌跤的。既然誰也無法改變宿命，但是我們仍可以選擇起步走或是暫時歇停。面對起起落落的人生，好運也是走走停停！好運來時趁勢衝刺；不如意的時候不妨停下來靜思沉澱，終究最後的成就，定義在蓋棺論定之時，人生的風景倘若走得太過匆忙，容易遺憾地錯過。有人說生命本該浪費在美好事物上面，換句話說：青春不應揮霍在憂鬱上面。

此處有一個招牌，以娟秀的筆跡寫著「無餓不坐」；一些飢腸轆轆的人們選在此處歇腳，但是那些美味佳餚滿足不了我的慾望，窗外的景緻才是我鏡頭下的酒菜。

曾經，這裡是台灣鐵道山線最高海拔的靠站；曾經，這裡是台灣鐵路的繁榮與沒落的最佳見證。而現在，這裡是老人們懷舊沉思的必經途點，也是年輕人賞花探幽的喜好旅棧。那消失的笛聲在人們的記憶中逐漸褪去的時候，而輕輕新啟的故事卻鼎沸昂揚地浪漫上演。

我的玩美日記，回顧了三義勝興火車站的今昔悲歡，時間在某年某月的某個春雨紛飛的傍晚。那個時候，微寒；心卻莫名地熱絡了起來……。

★麻吉の知心話★

小時候，每次在電視機或者在留聲機那頭傳來「陽明春曉」這一首輕快的笛子吹奏曲時，您是否都會和我一樣，總會忍不住停下腳步；好好的想把這首旋律聆聽完？

笛音清脆嘹亮，悅耳的關鍵在於笛膜在空氣產生的共鳴。

人生角色多變，有時候我們會是一位演奏的人，有時候也只是一個聆賞者。且不論當下的角色是一名演奏家或者只是一位聽眾，都是要帶著一顆心認真地去詮釋個人的劇本。笛膜好比心膜，要有人努力的去吹奏也要有人用心的去聆聽，彼此的人生才能產生共鳴。

懂得人生是怎麼一回事的你，一定也懂得怎麼吹奏出一曲曲曼妙的生活。因為，生命的精彩，都是來自於生活中點點滴滴堆疊而來的感動。

15

一株幸運草

您是否真正親眼見過四片葉的幸運草！在這一輩子？從我懂事以來，每當經過花園、草叢、田野，甚至一切適合它生長並有可能出現的地方時，我總是低頭尋尋覓覓，卻從來不曾發現「奇蹟」。

直到去年暑假的某日清晨，我和女兒相偕到庄內的土地公拜拜時，路經天主堂一處廢棄的垃圾場，我們驚喜地發現祂的存在（我情不自禁的將「它」升格為「祂」了）！女兒見到了四片葉的酢醬草相當興奮，然而她卻未看出我這做父親的感動猶勝過她千百倍啊！

後來，她提議希望把四片葉的酢醬草採回家，斯時的我樂昏了頭，也揣想若將它私有，我何嘗不是獨自擁抱了幸運？於是，我俯身採擷；輕輕的將這一株幸運草捧在心頭，然後暫放於車內。隨後，與女兒在土地公面前各自嘮叨了諸多美麗的心事之後，便帶著一顆快樂的心情回家。

回家途中，接到妻子囑咐到市場買些水果回家的電話，所以又和女兒到了鎮上的市集，採買了家人都喜歡吃的水果，之後再悠閒從容地回家。

下了車，把車內的東西一併卸了下來，當我順便拾起暫置於車內的幸運草時，乍見它早已枯萎，失去了光采。也許燠熱的季節，讓車內異常的高溫；也許酢醬草被採斷的當下，即已失去了生命力。當我拿起它時，根莖軟趴不打緊，連葉片也糾結在一起；此時的我，心情是糾結在一塊的……。

我已偷偷地後悔了。如果當時不將它採下來，也許還有更多的人也會發現這株四葉酢醬草，相信他們都會和我一般有著絕妙的好心情，當然也一定能夠同獲奇蹟似的幸運啊。而今，我只能在入門之前，將它棄置於垃圾桶底……

與女兒再度相偕到庄內的土地公拜拜，女兒嚷著說我們再去發掘幸運草。於是，我們的眼睛緣著土地公廟的路徑探勘；搜尋著附近每一寸的菜園與鄰居庭前的花園，還重回到了去年發現幸運草的天主堂旁廢棄的垃圾場，只見該處雜草叢生，藤蔓迂迴！幾朵紫色牽牛花燦爛地在周遭棄土上纏繞，與這一片淒涼廢墟形成極度對比。

當然，此情此景再見到幸運草的機率勢不可能。女兒一臉的失望，然而，我卻沒有任何遺憾或失落的感覺了。試想，此生縱使從未見到幸運草，目前的自己已然是幸運極了，想著當下的我至少吃穿無虞；目前的工作也是安定有餘；子女也安分的不需要讓我們操勞煩心。因此，深深地相信：一位懂得知足的人，一定比見過幸運草的人還更幸運，因為他們無時無刻浸潤在福報之中。

一株幸運草，曾經映入我的眼簾一日，但隨後消失得無影無蹤。但於此刻，我眼前卻見一片蓊鬱蒼翠，如我多姿多彩的一生；就像許多朋友曾經多次進出我的生命，但是唯有真正的朋友，才會在我的心裡留下腳印。親愛的您，是否也是和我一樣呢？

★麻吉の知心話★

可曾認真的去想過：您所謂的幸運到底是什麼？

嫁了一個多金的好丈夫？走進了一個稱職的好行業？遇到了一位懂您的人？投資了一個報酬率很高的股票？還是您真正見到了一株幸運草？

容貌會老；職場會退；財富會盡；投資也都有風險！幸運與否，其實不是外在的一切假象的獲得，而是在於內心實質上的擁有。

朵朵小語裡有一段經典的話語：「一個人最幸運的時刻，就是找對了人，他包容你的不足，並愛著你的一切。」

這是一種解釋。而我也這麼認為；世間唯有真愛不變；友誼不老。人生若能得此二寶，可謂十足的幸運者了。

16 一朵小花

一朵小花，在田埂間、在一條回家的路旁，默默的繽紛；靜靜靜的燦爛。

它的美麗；你必須停下腳步、彎下腰、睜亮了雙眼才足以發現。小小的蝸牛喜歡窩在這裡沉思；走後總是留下一條深邃又饒富詩味的足履留給松樹吟唱。忙碌的蜜蜂也喜歡賴在這裡享受甜蜜的慵懶，還抵押了一雙翅膀揮霍著眷戀。

當旭日東昇，大地跟著甦醒；翠綠的草皮儼如一座運動場。螞蟻在這裡競速；蚱蜢在這裡跳躍；甲蟲在這裡格鬥；蝴蝶在這裡飆舞；蜘蛛忙著張燈結綵；

一朵朵漂亮小花也頂著黃色緞帶扭腰擺臀……

霎時，我看見一位婦人，她也和我一樣，靜靜地佇足在路邊，默默看著路旁發生的一切！我的心情是愜意的，而她可不是這樣……！約莫六十歲的年紀，總是披頭散髮的模樣，手中永遠拎著一只塑膠袋，眼睛四處搜尋努力找著被丟棄路旁的寶特瓶、紙箱，有的時候會看見她站在餿水集中桶翻找著食物。我和她，站在那兒真的是一種極大的落差！

當夕陽向晚，電線桿忙著磨墨；天空從容的攤開一頁碩大的畫紙；晚風從旁吹著橫笛；風鈴雀躍的協奏著鈴鼓；此時打自西南邊來的雲朵開始恣意的在天空揮毫；一朵朵漂亮小黃花隨著晚風的節奏，與浦公英曼妙共舞著一段段輕盈的探戈。為此，我趕快拎起相機將這動人的景緻一一掠入鏡底。未料，突然閃過一道孤寂的背影，我看見她左手上拎著的塑膠袋已經裝滿瓶罐，右手還提著在豬肉攤撿拾到他們汰棄不要的一串大腸，駝著身子緩緩地移動著她的步伐準備歸去，空氣中還不時傳來噁心的腥味。

某天，在一條回家的路旁我又發現了一朵小黃花。那時候我經過了田埂；彷彿也路過了一段神話。我彎了腰、放緩了步伐；靜靜的，我背著一台和自己一般痴傻的「傻瓜相機」，循著晚風中隱約傳來的音律，撥開蒲公英漫佈的飛絮；隨著蝸牛留下的足履，我悄悄地……悄悄地，鑽入了黑夜與白晝之間的縫隙，雀躍地進入了一座用美麗築成城堡的童話……

童話裡有小紅帽、白雪公主、南瓜車……還有，一位拾荒的中年婦人。

★麻吉の知心話★

天地萬事萬物，都有其靈性與尊嚴，所以都應該相互尊重與彼此敬仰。世間美麗的風景一直都靜靜地存在，可是忙碌的我們卻常常忘記了那些精彩又多元的風光。人生的鏡頭底下，應有許多綺麗動人的景色，相對的也會有許多貧窮和苦難的面相。

美好的生命應該充滿和諧、悟性和感恩的，這樣才能讓自己的生活時時感到驚喜和期待。所以，只要我們能夠放慢步伐，相信一定能看到難得一見的牡丹，甚至也會看見堅毅在生命隙縫中的一朵小黃花。

17

我的志願

二〇一五年初，由「中華經典文化教育協會」策劃主辦的新春團拜活動，整個活動進行得既溫馨又圓滿。

最後「心靈迴響」的活動，總共有六桌大人及一桌小朋友的代表輪番上台分享心得。各桌次選出來的菁英，人人無不口若懸河又滔滔不絕地轉述著各組成員表述的想法，感動處；掌聲綿延不絕地霹啪作響。精彩時；笑聲此起彼落總讓人拍案叫絕。

對於台上的幾位成人代表，我相當佩服他們妙語如珠的表現，尤其是他們流暢又表情豐富的肢體展現，立即博得台下不少與會成員們的喝采。相對的，當最後一位（也是小朋友代表）上台分享他們那一組的主題：「我的志願」時，其展現又引領著大家落入另一種極大的反差情境！

眾多小朋友中，由一位年紀最長的國一小女孩，代表該組分享了大家的志願。她的語調平和，但是卻字字珠璣。她的肢體語言不多，可是足以感受到她真摯又率直的性情。尤其是在她分享組員們未來志願的當下，現場的氛圍是緘默的；是停下所有的交談然後洗耳聆聽的；是非常投入又產生極大共鳴的……！

首先，小女孩的開場白，她說了就像所有小學生參加演講比賽時一定會套上的對白：「各位老師，各位同學，大家好。今天，我要分享的題目是：『我的志願』！……」霎時，台下傳來一片哄堂的笑聲。

小女孩不則不徐的繼續說著：「那一位『小三』的雅婷，他說未來的志願是想當一位行動咖啡館的老闆，為什麼呢？因為『有夢最美，希望相隨』，若能這樣，她的夢想就可以每日隨著生活移動了！」

聽到「那位『小三』的雅婷……」這句話時，大家忍不住又是鼓掌叫好。小女孩接著分享：「那位國小五年級的彤菱更不得了啦！她的志願是長大後想當一位人民保姆——就是警察啦！為什麼呢？她說當今社會亂像太多；壞人與妖魔不少，她希望長大後能替國家、社會除一點害！」

聽聞至此，台下又是笑翻天了！她接續說著：「國強的志願最樸實了，他長大後想當一位烘焙師父。為什麼呢？他說台灣只有一個吳寶春不夠！他想讓全世界更多的人看見台灣。」

逐一說明了組員們的志願之後，小女孩壓軸地將自己的心願說出口：「我的志願跟許多人並不一樣，但卻很簡單，那就是長大後我想當一位『禮儀師』。為什麼呢？因為我的心裡一直認為，縱使死人也應該能夠美美的，又非常有尊嚴地走完他們人生的最後一程。」

聽完小女孩極其天真且僅僅六分鐘的一段講演，我發現大人們的內心其實是澎湃的；是撼動的；是反省的……一如當下的我那般心境！

為什麼有此心情呢？原來在小孩子們單純的志願裡我看見當今大人們的不足啊！若以他們小小的腦袋看著目前政治與當今社會，他們幾乎用很大的包容面對過去；用最少的抱怨面對現在；用很多的的大愛面對著未來。

反觀大人，太多人們竟然連作夢的勇氣都失去了，這樣的人生，用什麼立場來教育下一代呢？

★麻吉の知心話★

當你有翅膀的時候就不要放棄飛翔。當你還有想法的時候就不要放棄築夢。當你仍有能力付出的時候就不要放棄愛人。

志願的大小並不重要，重要的事有沒有執行力去實踐志願與夢想。一位真正的築夢踏實者，其實內心也是始終擁有「永不放棄」精神的人。

Part 2
坐下

你累了嗎？這不是電視裡的廣告詞，而是對你的真心問候！有的時候，只是單純的停下腳步依然不夠的！坐下，不僅僅是讓雙腳得以休憩，更重要的是讓你的心也能充分休息。每個人的心中都有一畝田，請別讓那清淨園地蔓生雜草，唯當你的心思清明之時，你才得見身體裡那靈魂的不同層次！

所以，匆忙行走或者是駐足發呆，都感受不到生命裡的起伏與精彩；悠然地坐下吧！你將驀然察覺生命裡處處都是俯拾即是的感動。

18

逆境動能

常聽人說：「歹竹出好筍」，為什麼呢？

因為在每個生命裡定有蘊藏著一種為愛延續的礦脈，當生命遭遇威脅的時候，就會自然驅動這套「逆境動能」系統。

一如春筍初綻時，農人們即開始為其「斷後路」做準備，一旦發現新筍挺拔出頭之際就毫不留情的予以採割，尤在百花齊放的春天，當竹林面臨繁衍後代的威脅時，蒼鬱的枝葉就會停止爭長，反將所有養分挹注在綿延新竹的身上，所以我們總是訝異於「一眠大一寸」的神奇呀！

農夫種菜真是一門藝術。一如栽種茄子時，會在其根莖未粗壯之前，不斷重複地為其摘除花、葉；南瓜採收一次之後，為了刺激其二度結果也會在它分岔的根莖上小心地以尖竹穿刺，不久之後，這些面對生存逆境的植物都會拼命地開花。

知名麵包師傅吳寶春是「台灣之光」，曾在書中說「除了麵包，其實我一無所有。」也許這不是自謙，而是對自己人生的感慨。他的一生，也是從失敗、挫折、錯誤又卑微的背景開始，但是他懂得在逆境中學習，在跌跌撞撞卻不斷修正的過程中，挫折最後也能演化成令人驚豔的絢麗金蛹，而今再看其當下的成就，真得宛如一隻破繭而出的彩蝶。

有一個用時間磨出來的成功案例，那就是花了三十年艱苦歲月的「飛牛牧場」，其艱辛掙扎的一段歷練相當具有啟發效果，牧場多年來的經營與成長過程，儼如被「斷後路」的春筍，也像極了被尖竹穿刺根莖的南瓜一般，但是牧場主人從錯誤中不斷學習與挑戰，終於從負債累累到入圍商業司的創意生活產業優良案例獎，他從失敗中選擇奮起，最後逆轉為全台最受歡迎的休閒農場。「錯誤又何妨，困難仍要面對。」回顧三十年的艱苦歲月，牧場主人施尚斌認為人生是有機運的，耐心等貴人與機運一定會來，逆境反而是一種動能，是能激勵人心並油生勇氣的最好的修練。

佛典記載：「一花一天堂，一草一世界，一樹一菩提，一土一如來。一方一淨土，一笑一塵緣，一念一清靜，心是蓮花開……」且讓我為您送上一串祝福，就當作是我「舌燦蓮花」，也算是專為您而寫的「知心話」吧！

★麻吉の知心話★

挫折，不足為懼，最怕的是不敢面對，從此就一蹶不振！何妨試著「擁抱失敗、迎向逆境」，做一隻醜陋但是卻充滿勇氣的毛毛蟲，有朝一日，也會有破繭而出翩翩起舞的那一天。

19

悲情城市太多情

那一日，妻子心想多添幾件中國服飾，適巧友人推薦九份山城有一家「小城故事」裡的設計格調頗優，於是趁著小孩上學的空檔，請個特休假期帶著相機，夫妻倆就這樣將一切俗事放下上山去了！

驅車經過瑞芳便開始沿路上山，接著；將是一連串的蜿蜒。

記得上一次造訪九份，那已經是七、八年前的事了，這一遭再訪，依舊是嵐霧裊裊。

有雨，絲絲細細。分不清是細雨亦是山霧，只好撐開傘，讓這支極度潔癖的僕人，忠實地保護主人毫髮不濕。而傘內的確不濕不黏了，但傘外呈現著一片詩漉漉的景緻，讓我有種猶入仙境般的錯覺。

你是否和我一樣，偶會想起，總有段記憶是如此詩詩黏黏？終究有那麼一把傘，撐開了時空膠囊。而斯時的青春早已凝如雨露，落在傘頂後又沿著思念的方向，一再誇張的彈跳九份山色。

而今，猶在霧裡！但未見花容，只聽見滿城旅客的一片譁然。一陣一陣的雨勢，如詩詞裡一行一行的斷句，空氣中飄佈著一層層的薄膜，似乎留予旅客們的眼，去網罟如蜜般的心事。霧中，見二個儷影雙雙對對如膠似漆般偎依一起，好一幅鶼鰈情深畫面。

我在有手繪涓巾的窗前駐足，以鏡頭捕捉四處竄逃的悸眼。而身旁有人路過，也有人停下腳步好奇如我。我們都是旅人，也都是這個城市的過客，然而我們早已不分你我，因為都同時被框入一幅畫裡。

繼續前行，街角偶遇一面招牌，見它獨特的招搖在霧中，我的心與它無聲地對話，但是它堅持沉默不語。不過，它留了一首如詩一般的啟示，說是看板；我倒覺得那是一種驚艷。

再前，又見一處值得留連的好地方。只見招牌懸掛著「驚艷水金九」，我被那些復古的傢俱吸引住了目光，彷彿時間洪流將我捲入了台灣光復初期的農耕年代，我不禁聯想到了昔日「貓王」還有「瑪麗蓮夢露」這幾位當代紅星。斯時，台灣甫從日本殖民重生向自立奮發的年代，斯時的九份正紛擾著世人許多的淘金夢寐，至今有人夢醒；也有人夢墜，只有少數人好夢成真！

但，無論如何，過去種種譬如昨日已死！昔日的悲情城市，現在每天都擠滿了觀光旅客，「多情」想必早已取代了「悲情」的格局了。其實，我何嘗不是帶著多情的心思遊訪此地呢？只怪它多雨、多霧、又多浪漫！才會延伸了許多的愁懷和鬱感。

臨別前，回眸想和這座城市悠悠地告別，一隻善感的狗兒眼神也是離情依依，我們互以眼神說再見，回程時，依然滿城霧色；也依舊是滿山喧嘩。

隱隱約約，我還聽見了輕輕的雨聲。

★麻吉の知心話★

縱使人生有如一座悲情城市，然而在歲月裡的每個街道巷弄都可能存在著驚喜，一如每個挫折的轉角往往蘊含著無限多的契機。

所以，不執著於過去太深的悲情，也不預支未來過多的欲望，活在當下，學做自己靈魂的主人。

20

人生的風景

照顧媽媽的菲勞，初到台灣那幾日依舊思念著家鄉，她的眼神暗示了她的不安！

於是，我們引領著她從樓下到樓上說明著清潔的流程與細節時，特別走到二樓的佛堂，並告訴她說：「請妳在整理整頓這個區間時，就當作是在一座教堂內從事志工服務。」

她瞪著好奇的雙眼詢問：「坐在蓮花台上的那位女士是誰？」

我回覆她說：「我們喚她『觀世音菩薩』，猶如華人的聖母瑪利亞。」

聽完我的敘述，她立即將雙手置放於胸前並闔起雙眼開始默禱！

次日，妻子特別增放了一張聖母瑪利亞的畫像在佛桌上，晚上在我下班之後，只見她哭紅著雙眼告訴我們說：「我邊擦拭著佛桌邊流淚，因為我不再有離鄉背井的疏離感了，因為『我的神』一直守在我的身邊。」

一張畫，安定了一個外勞的心，我為慧黠的妻子感到窩心。

睡前，我詢問妻子：「一幅畫、一張照片、或親身經歷的一幕風景，即使是相同的景物，為何每個人看過以後會有不同的感受？」

她告訴我：「也許是因為立足點的角度不同、當下的心境不同、或者是看事情的切點不同等等因素而造成了彼此感受的差異吧！」

的確如此！人的一生都因不同的世故、遭遇、歷練與命運等等因素兀自堆疊著自己的人生風景，也因為這些背景的不同造就了彼此在價值觀上的差異。

所以，我時時在想，人生是否就像是一部禪學，用盡一生其修持之目的應是在求得心靈上的淨化，一種內心上的圓滿狀態而已吧！

既然，已悟得每個人其人生都有一幅不盡相同的風景；那姑且讓自己的一雙眼睛，開始試著向自己的內心去觀想，而不再在意求得外緣的共鳴！唯有這樣，一旦心眼純美了，這視界的一切深信也會跟著美麗繽紛起來。

★麻吉の知心話★

太陽之光，不會因物種之尊卑、大小其能量而有所增減。人心，怎麼可以有貧富貴賤的差別？

外在一切的風花雪月，比不上內心的一片淨土。寬容，即是人生最美麗的一幅風景。

21

綠葉落盡的櫻花

第一次見到她，蓬頭散髮看不到眉毛。年齡二十好幾了，出門還需要母親一直帶在身邊！

父親早逝，所以求學時期常被同學欺負，因為太多的語言暴力還有人身貼標讓她無力承受打擊，因此養成了封閉、悲觀、看不起自己的人生格局。

明白了她的過去，我已略知問題的關鍵所在。當她的母親依舊皺著雙眉繼續娓娓訴說著她的病因時候，我突然打斷了她的陳述：「妳女兒現在沒病，只是以前的家庭環境與這個當今的社會生病了！」

她的母親睜大雙眼看著我，一臉納悶的眼神接續地說：「她現在就是有問題呀！高中以後書即讀不下去、又沒有勇氣走出去面對人群、從來不曾（其實不敢）投遞履歷表應徵面試，還有……」

「還有……那是您造成的問題！」我有點不禮貌地打斷了這位母親的數落。因為我看見母親滔滔不絕「鏟訴」著她的問題時，她的情緒相當不安而且一直用手搖晃著媽媽的大腿。

她的母親錯愕地閉上了嘴巴，但仍舊不解：「此話怎講？」

我誠懇地對著女孩的母親說明：「為何是您造成的問題呢？全都是因為您不願試著放手！因為她失去父愛後又發生類似霸凌事件，所以妳開始過度保護著她但您卻沒有心思充分的與孩子溝通……！因此，單親母親持家的辛苦與後遺症沒有一項可以逃過，比如說常態加班增加了錢卻失去親子關係、為了孩子身心俱疲，減少了健康卻增加了脾氣……該有的得不到，不想要的卻全惹上身！」

聽完我的敘述女孩的母親已經雙眼泛紅：「我也帶她到多家醫院的精神科門診，但是改善有限！」

「從哪裡跌倒就試著從哪裡站起來！既然從小就在人群中受傷，那麼就從現在開始請陪著她重新走入人群。」我鼓勵她們母女倆一起加入我們的心靈成長讀書會，也建議她試著放手讓女兒參加我們規畫的志工服務。「愛能溶化仇恨，志工服務也能跳脫憂鬱症的侵襲。」

點頭，她贊成我的建議！

「請別再當著女兒的面跟外人訴說女兒對這個社會、對她的人生種種的不適應，那些都已經成為過去式了，背著『哀怨的布袋』往前走是不是很累？試著當一株櫻花吧！當冬天來臨時，那些曾經滋養根部的綠葉會全數落盡，但千萬別急著感傷，因為那反而刺激了次年的春櫻滿樹燦爛。」

當我比喻女兒儼如一株綠葉落盡正含苞待放的吉野櫻時，她的內心產生了共鳴，似乎也願意試著輕輕放下了心上的那一塊石頭。

歡送她們母女倆離去時，門外突然颳起陣陣初暖還寒的三月春風。我靈機一動，突然問起女孩的母親：「妳知不知道，為什麼一陣風可以輕易吹起一張全開的大壁報紙，卻無法吹離一隻停駐在菜葉上的蝴蝶？」

她搖搖頭，微笑等著我的答案。

「蝴蝶是有生命的個體，所以生命自有其韌性！而另一個原因其實很簡單，實因蝴蝶有六隻腳足已緊緊抓牢一些東西。」她笑了，揮手說再見。

我也揮手致意，然後再補充一句：「今晚，妳抓牢了一些東西了嗎？」

★麻吉の知心話★

綠葉落盡的櫻花，它只是在沉潛，在等待生命的寒冬過去。在不能掌握的季節變換裡，香氣早已經逐日蘊釀，只待春暖花開的時刻，會第一個以燦爛的姿容向我們招喚。

人，卻常常耐不住性子！因為急功好利、因為速食文化使然，所以總是無法以淡泊的心看待生命的榮枯。結束與開始，沒有先後；只是輪迴而已！一如昨天下了雨，今天也刮了風，但……明天也許太陽就出來了。

22

禪定在油桐花塚的蝶

清明剛過，細雨方歇，視線中滿山遍野的翠綠突然鮮明了起來，我感覺到這就是春了。

眼裡盈滿了青芽的祝福，心中也洋溢著綠油油的字句，於是想將它堆疊出一首關於春天的新詩，唯春芯依舊青澀之時，卻見繽紛的夏雪白皚皚地覆蓋整個山林，甚至瀰漫著雙眼的視界，綁架了四月的心眼！

於是，感受到這幻化無端的節氣，模稜兩可了季節的定義！也許，那正是暮春迎接初夏獻出的最後一場「告白」。

為了替這一場世紀告白（二〇一四／愛你一世）浪漫見證，於是拎著相機走入了山林。只見樹底、葉梢、崖壁、山溝、水渠……處處可見遍佈的油桐花塚。此時驚覺連蟲嘶鳥鳴都帶點淒楚！是否也在憐惜，嘆那每一朵從天飄墜的白雪，此生僅僅擁有一日的光華？

凡人總是多情的，而文人也多是善感多愁，才會對飄零的落花心有不捨，此舉剛好驗證俗世對生死的一種難以悟透！

也許，世人庸俗，所以常常庸人自擾！事實上，生活如禪。禪是一種智慧、一種心境、如品茗一杯能夠讓你平靜的香茗，當出現在你面前的聞香杯已經為你注滿的時候，不用去管它浸泡的時間；也無須在意母壺裡傾流出的是烏龍、金萱甚至是白開水，淡薄者，白開水也能香逸喉嚨；修持者，逆境也能讓生命回甘。

看見一隻黑色的蝴蝶，在一片油桐花塚間淡定，無視百花的無常悲喜，也許明白繁華落盡處；也是另一世榮枯的輪迴而已。無懼好攝之徒迫急的腳步，或許已明白；當汲汲營營時，落下的都是蒼茫虛渺的跫音吧！

這隻蝶，是咱們學習的好榜樣！無須盲目地流連花叢或執意為誰飛舞，有時候，收起雙翼，在歲月裡的每一個過程不經意停駐，也許真能看見生命中的不同層次。而生活該怎麼過就怎麼去過，當你得到感動了或稍有體悟了，深信心靈也會頓時豁然開朗！

★麻吉の知心話★

「一花一天堂，一草一世界」，天地間存在著精彩又多元的不同個體，層次美麗又豐富，庸庸碌碌的你，是否真的有看見？

一朵玫瑰的價值，不因其根莖帶刺而有失其風華；一位成功人士也不會因其容貌平凡，而有損其事業上的成就！看得見的；與沒有被看見的，同樣要被尊重。

彷彿是愛。一如日月之光！

23

電腦的開機密碼

電腦的開機密碼，通常你會設定幾個字元（含英文字母）？常人總以熟悉又好記的生日或身份證字號去延伸，因為這樣方便記憶，但這也有被盜用的高風險性！通常最普遍的做法是六到十個字串的組合。

前些日，拜訪了一位友人，有幾點重要事項載述於Mail，所以臨時向其借電腦想開信箱裡的郵件，友人家裡的電腦因為都是小朋友在玩，所以根本不了解開機密碼為何，試了幾組數字之後依舊無法順利開啟電腦！

於是，友人請其小孩為我解開電腦密碼。見其小心翼翼地輸入完一串數字之後，當下的我居然瞠目結舌地愣在現場！我相當好奇的問：「天呀！為什麼你設定的密碼居然高達三十個字元（還包含逗點、幾個特殊符號）？你能順利記起來嗎？你靠什麼方法有效記憶這些字串的……？」他只是傻傻的笑看著我，卻絲毫不想回答我的問題。

順利進入雅虎首頁的畫面後，他旋即又離開了。

此時，友人開始抱怨小孩鎮日抱著電腦曠日費時地在玩電腦遊戲，功課卻始終跟不上學校進度，邁入小學的高年級之後彷彿更難溝通了，對小孩的教養真是一籌莫展。

我耐心地向其說明：「小孩的功課不好，主要關鍵未必一定落在智能上的差異，讀書習慣的建立與家長的教養態度，這二樣也都是影響成績的主因。小孩非常聰明，只是聰明沒有用到正確的地方。」我建議開始定義他每週上網時數，使用電腦時機、以及釐訂相關公約或規範，我看好這個小孩將來必有可為！

某些小孩智能發展較慢，但是一旦被有效啟發後，其成就一飛衝天者不計其數。人腦猶似電腦，對小孩的教養方式有如啟動大腦的方程式，輸入在其內心的「字元」務必要對碼，而這「字元」也就是長輩對晚輩耐心管教的「語言」。

壓力學習，絕對是好成績的不二法門。而快樂成長，也是人格發展關鍵性的作為！二者之間，如何拿捏或怎麼去運用，需要身為長者去溝通與鋪陳。

孩子雖然不會主動讀書，但是甚少埋怨，不嘲笑誰也不羨慕誰，別人在陽光下奔跑，他在教室裡找同學對弈，同學們群聚盡談偶像，他選擇一個人在榕樹下做自己的大夢，大家在運動場相互競逐的時候，他總是走自己的路……！年少時，不隨波逐流已經非常不容易，長大後，選擇做自己，那似乎更難啊！

這一番話，我是針對友人說的，他似乎領悟，微笑言謝並補上一句：「小孩，要勇敢的做自己的品牌，而我們做他們生命中的貴人就好。」

說得貼切，我鼓掌同意。我相信，和諧的父母，永遠是家庭幸福的第一品牌，而幸福也是親子教養中最理想、最驕傲的工具。

★麻吉の知心話★

世間，有很多事務都可以慢慢來，但有一些卻是不能等，若談及人生；「盡孝」與「行善」就不能等。當論及親子關係；「溝通」卻是一刻都不能遲疑的工作。

溝通，有時候其實不需要什麼大道理；親子之間好感情的建立，也不過就是從吃飯穿衣這種日常瑣事做起。

靜靜地聽、好好的講、慢慢的勸、適時的回饋，這就是溝通。

24

下棋與觀棋

廟的側院，擺了兩副棋盤，真正對弈者只有四個人，但周遭圍繞的軍師們卻多達二十幾人。

每副木質棋盤的中央，極醒目地印刷著讓人印象深刻的「起手無回大丈夫；棋中不語真君子」十四個楷字，下棋者倒能遵守棋訓；反而圍觀者卻鮮少有人循此邏輯！現場，觀棋者總是比對奕的雙方更為激動。

為什麼會產生如此詭異現象呢？因為一切都是旁觀者「清」的緣故！圍觀者

一旦識破了對手的棋路或者看清了對方的企圖時，他們就會開始積極地表達自己的意見，你一言我一句的於是形成了各擁其主的軍師們互相諧鬧的場面。

我突然油生一種想法，若把「棋中不語真君子」這句話，將之改版成「棋中不語真難過」是否來得更貼切？

其實，我是相當佩服坐在椅子上真正對奕的那四位棋手，因為現場那麼多的聲浪不斷干擾，那麼多的陳述意見充斥於耳，可是他們不慍不怒依舊守著自己的定見，翼翼小心地堅持走自己的路，在這種氛圍下能平心靜氣地好好下一盤棋，在我看來輸贏的「結果」已是其次了，真正可貴的地方在運籌帷幄的「過程」。

這系列的對戰，本來就是一場老人相惜的溫馨聚會，輸贏已不是必爭的關鍵，因為這回輸了也許下一場就贏回來了，況且彼此的人生早已經歷過凡事劍拔弩張、出手一定要立見勝負的年紀。反到是觀棋者進進出出，一如當下的我也是利用買菜的空檔，「不小心」就融入了他們的戰局裡面，這些來來去去的圍觀者泰半是年輕短視的少壯派族群，又怎能輕易看出老棋手們真正在乎的反而是「相互陪伴」的那份珍貴情誼啊！

我從旁觀戰了一陣子，二個戰場與四位棋手耗費了將近一個小時，最終的結果竟然都是「和局」收場！這結果讓我訝異不已，到底是雙方實力旗鼓相當而難分軒輊；還是彼此保留實力而故意謙遜退讓？

我看見下棋者的表情沒有一絲的遺憾，臉蛋反而露出一張張愉悅的神情，所以我更將深信，或許「和局」也是最好的「結局」。

★麻吉の知心話★

誰走進你人生的棋局，是由命運安排；但誰將停留在你生命的疆域裡，卻是由你自己決定。

人生，本來就是一場你與自己命運的對弈！你輸了，兩袖清風。你贏了，仍舊是兩手空空。散場時，雙手帶不走一元半角，聰明的人終將了解，「和局」也是最好的「結局」。

25

愛不是固體，更似空氣

幾年前，我至泰北公益行腳，當時以皮指紋分析加上心靈諮商，認識了好多的異地朋友。

當地的氣候與文化與台灣截然不同，可是現代人「睡不著」的通病同樣困擾人心。記得有一位雙眉幾乎「連成一氣」的二十五歲女性，她也跟著排隊等候著諮商，等待過程中雖然未發一語，可是她卻令我印象深刻，因為刻劃在其臉上的「苦」相當明顯。

輪到她了，當皮紋檢測完並耐心向她分析了人格特質之後，見她情緒突然崩潰，潸潸落下的眼淚如決堤般一發不可收拾。接著換我傾聽她的故事了，於是她幽幽哭訴著生活中的種種苦悶……如總愛無理取鬧的癱瘓公公、嗜酒成性不時會家暴的丈夫、愛賭賠上家當的婆婆、叛逆並屢出狀況的兒子，那紊亂著三代又讓她無力抗駁的命運，是她此生的因果嗎？擦乾淚痕後她以極度認真眼神問我。

諮商怎能任意說談因果？我用台灣的老道理勸說：「命苦，而心不苦，厄苦就能當作是進補！」

皺著眉頭，見她似懂非懂，接著再度提問：「愛是什麼？當所有的人、事都不在我的掌控，是否我已失去了愛人的一切能力？我曾經失望地自我了斷過……三次！」哇！（真讓人瞠目結舌）

「妳可知愛人的能力從哪裡開始嗎？」她搖頭。

「從愛自己開始！」我相當肯定的告訴她。「天地間的殘缺需要被包容；人世間的不公平需要被包容；生命裡的不完美需要被包容，而妳必須先懂得寬恕自己，才有能力去包容這一切。」

聽了這一番話，她又淚流滿腮……。

「愛，其實虛擬如空氣。平淡的生中不容易感覺到它的存在，只有在靈魂最快樂或極痛苦的時候才驚覺它的不可或缺！倘若在妳的愛裡面還時時孕藏著一顆『心』時，妳的臉就不會寫著『苦』字！」

教教我如何心中不苦；如何能學習包容？她認真地徵詢我的答案……

「修眉！擁抱！」一椿針對自己，另一椿是對待別人。

這二件她近十年來一直忽略的生活小事，卻是造成她對生命失去自信與動力的關鍵大事！

★麻吉の知心話★

苦，往往不是批在八字上面，而是寫在臉上。

當心裡覺得很苦的時候，臉上是擠不出笑容的。心隨念轉，所以想要克服生活的焦慮和沮喪，一定得先學會轉念的功夫。

當「心」被掏空時，還有「愛」可以填滿，學會做自己的主人時，就不易淪為憂鬱的奴僕。

26 榮枯各擁風華

志工隊歲末的最後一場企劃，精心設計了親子戶外露營的活動，紮營的地點就選在苗栗縣三灣鄉的山上。

時序已近新曆過年了，楓葉要紅不紅（也許是今年的氣候偏暖）；山徑鋪滿了遍地的落葉！觸目所及都是染了黃的蕭瑟景像。唯一的「盛況」，應是沿路幾棵紅澄澄的椪柑在陽光下迎風搖舞的模樣，顯得格外朝氣十足。

群策群力之下，不多時幾個露營帳棚便紛紛矗立在草坪之上，夕陽下；辣椒紅的帳篷在青綠色的山林之間看來特別醒目！趁此空檔，我拎著相機四處取景，兀自享受著這一片山林獨有的寧靜。

途經水果園地，在一處竹製攀棚的底下，乍見了數棵凋零落地的百香果，皺巴巴的表皮毫不起眼，可是空氣中卻散溢著醇郁的果香氣味，這真是一種其妙的感覺！遂將鏡頭微調至大景深以近拍的模式，彎下身想要掠取一個特別的角度，好讓這種芬芳的香氣能瞬間入鏡！如何能讓眼覺下意識地連結到味覺呢？我蹲身歪頭正努力思索著這個問題……

「麻吉老師，您為什麼不拍樹上那些紅通通又可愛的橘子，怎麼老是在拍地上的枯枝還有那些掉落的水果呀！」一位參加活動的輔導老師站在我的身後，相當好奇的提出疑問。

我看他也是手上拎著相機，想必也是「好攝之徒」！起身，我耐心地解釋：「植物的成長彷若人的一生，每個階段都有其美麗之處，只要耐心的去觀察，榮枯亦見各擁其風華……。」

「好像有道理。那就像一張相同風景的照片，比賽時若給了不同主題的定義，等同賦予了不同格局的生命。」

「比喻得真是貼切！」我給他按三個讚！「之前一位捏塑的朋友，在一次茶壺特展中，展出的壺盡是他搭配漂流木共體共生的絕妙佳作，我非常佩服他的創意，因為他顛覆了世俗人眼中所謂的美麗，他以滄桑、枯寂、世故把美麗做了另一番的詮釋！」

那位老師笑了：「那你說說，關於這一顆掉落的百香果，給了你哪些啟示？」

我闔上了鏡頭的前蓋，回以微笑：「莎士比亞說過：『死亡是最後的睡眠？不是的，它是最後終結的醒覺。』所以，我聚焦在一個生命已達了悟的目標，以招喚我自己內心漸將初醒的靈魂！」

「看看這些躺在地上的百香果，在其皺巴巴的外表之下，都有著那麼不凡的「內涵」，所以真正的美，應該是眼裡不著相；鼻腔不著味；心裡不著痕才對吧？呵呵……」我聽見了他朗朗的笑聲，伴著他逐漸遠颺的跫音，時而渾沌時而清明的在風中飄逸。

霎時，心頭為之一震！於是彎腰，輕輕拾起了其中的一個百香果，湊近鼻頭，然後心裡想著：無色、香、味、觸、法……那又該如何形容這番味覺呢？無覺亦是一種「覺」吧！我如此想著。

所以，何須不捨天地萬物間的榮枯輪迴？若能覺知生命壽數裡的有盡，也許更能了悟生命層次中的永恆吧！

★麻吉の知心話★

天地間日夜交替，萬物中榮枯輪迴，本來自有既定的時序。生命原只是一幕幕輪續上演的劇場，

我們都是演員，也是一位看戲者，任何人都毋須入戲太深。

每人的身上都有一套劇本，劇情隨著個人本性在發揮，何時能跳脫表演者的角色，有心也有閒的去擘劃自己的戲路，端看個人的格局。

每一部精彩的劇本，任何角色都要有人去演，所以不要埋怨身份，不必去計較角色，也不要去羨慕誰的妝容，舞台上一臉燦爛，舞台後盡情哭笑，努力做自己的衣裳，堅持走自己的風格。

短暫的一生中，「做自己」原來是非常重要的一件事！因為能改變您的人生的那個人，永遠只有您自己。

27

我要當里長

對於「聰明」的解釋，在每個人的心中都存在著自己的一套邏輯，沒必要賦予太正規的說詞，因為兀自的懷裡各擁有了一把尺。

但是，如何在一位領有弱智手冊的青年身上，加諸了這一個能讓人驕傲甚至心生敬佩的相對代名詞？

把「聰明」套在他的身上絕對是合情又合理的。有人曾經質疑我的觀點，但是我卻相當堅持自己的看法。

理由很簡單，那就是……雖然他甫從特教科系的高中畢業，但是他懂得在自己的鐵馬車上安裝照後鏡、飲料架還有夜間安全閃爍的LED燈源；他懂得在鄰里之間穿梭，一旦有鄉親正逢婚喪喜宴時，掌握第一時間替阿嬤爭取其招牌「手工麻糬」的訂單；他會在每次志工隊出去表演時，主動將行動電腦、擴音設備以及投影機迅速予以連線。他會主動又積極地去「搶工程」來做，一切只為博得大家對他的肯定！

六月，正值鳳凰花開的季節，他喜孜孜地跟我說即將正式地投入職場，還說透過校方的媒合已經找到了加油站洗車的工作。我拍拍他的肩膀，盯著那早已長得比我還要高的身軀說：「你真的很棒！記得將來一定要分擔爺爺、奶奶的負擔喔……。」

上學期，還真為他擔心，因為擔心著他不知可否順利畢業啊！單親，一直都是隔代教養，二年級正值叛逆期的他多次與同學發生口角、打架的情事，當時他被校方記了過還有幾個警告，焦慮的奶奶於是皺著眉鎖拜託我們給與溝通和心理輔導，因為她說他爸爸不懂得管教小孩，開口閉口只會打罵。幸好，溝通後得到鼓勵的他，在三年級時表現真的不錯，而畢業時三年來的功過也可以相抵。

找到了工作，他第一時間騎著鐵馬來向我們夫妻分享了這一份喜悅，當我正開口向他道喜之時，在他靦腆的表情裡，幽幽地又吐出一句話：「我爸爸剛從中國回來，新媽媽也一起到了我們家裡。」（已經是第四位媽媽了，前幾位都是東南亞國籍），一時，頓覺剛溜出嘴的「恭喜」有點兒失焦，不知道是在恭賀他順利找到工作，還是恭喜他父親又找到了一個老婆？我突然覺得自己的祝福有點兒矯情，一如他臉部硬擠出的笑容看似僵硬！

十一月底又是四年一次的地方選舉，此時，一部候選人的宣傳車「拜託、拜託」聲不絕於耳，頓時，他的笑容又開始轉變為一貫持有的燦爛：「以前在讀書會的時候，曾經分享我的志願是遊覽車司機，現在我想更改了……」

以前，奶奶疼長孫，社區旅遊時報名總是有他一份，旅遊經驗豐富的他相當崇拜遊覽車司機，他的生活圈不像一般的正常家庭小孩，所以他的夢想與思考總是與其他小孩迥異。我也很好奇他想怎麼樣去更正自己的志願，於是問他：「那麼，請問你現在的志願是什麼？」

「我想當一位里長，以後立志為里民服務！」他還一副神氣又自信的模樣告訴我說：「現在，咱們這一里的路燈每天都是我在監控的喔！到了晚上，只要有一盞路燈沒亮我就會去通報現在的里長。」

「給你按個讚！」翹起姆指向他比個很棒的手勢，並再度給予鼓勵：「有一天你會明白，善良其實比聰明更難。聰明是一種天賦，但是往往容易讓人陷入深淵，投入政治者尤其更要自知！而善良是一種本性，也能說是待人處世的一種態度與選擇，所以少一點預設的期待，那份對人的關懷會更自在。」

一番話，相信他聽進去了，但是否真的聽懂了需要時間去證明。揮手，以他複雜身世所襯托出來的背影向我告別！望著那逐漸遠逝的輪跡，我以近似夢囈般的音量說著只有自己聽得見的言語：「你若能秉持以真心出發去服務他人，將來里長選上或未選上，都不減你今世累積而來的福澤。要抓緊把手喔……！人只要不失去方向，就不會失去自己。」

★麻吉の知心話★

許多人，從小到大「我的志願」可以塗滿整牆，但是也有很多人即使年逾三十歲了，對自己的人生依舊毫無想法！一位從小立志者，即使他的志願隨著人生每一個階段都在改變，但是以機率來看，他成功的機會永遠比沒想法的人強了甚多！

志願會隨著成長階段改變，那是可以被接受的事實，畢竟在心智尚未成熟的年齡，他的任何判斷隨時都可能會被挑戰，志願最後被更替了也是無可厚非。但請記住；志願只是被更改、再修訂，並非是放棄！

一個人年過三十，志願也亟需要固定下來了，因為有生餘年可以浪擲的歲月已剩不多，若想趁早完成心願，「聚焦」與「執行」是唯二重要的事情。

沒有任何人可以代替您立下任何志願，也沒有任何人有權利帶走您的夢想。因此個人榮辱與您一生的成敗，都是個人應該承擔的事情，因為好壞都是您兀自的人生。

28

梔子花開了

每當梔子花開，就表示夏季已經到來了，那濃郁的香味，總是在空氣中洋溢芬芳，常讓路經的過客，總是忍不住就此駐足流連欣賞一番。

梔子花的花瓣很脆弱，又容易受傷，花期也很短暫。花朵為白色，花瓣特別多，花萼很特別，又長又細，花朵一旦遇上雨淋或手指碰觸，或者是盛開後的次日，即可見花瓣會由一片雪白漸漸轉為某種寂寞的黃色。

榲子花的氣味極為特殊，它愛沾惹蝴蝶蜻蜓，同時也吸引著人類！因為它的香氣，儼如專門拐騙小女孩的爽口蜜糖，也像雍容貴婦身上散發出來的成熟誘香，任何人湊上前去聞聞它的香味，包準就這樣愛上了它。

這花朵的特性也相當奇特，花朵與枝幹倘若一直緊密相連一起，它的美麗與香氣即能綿延數日不散；可是花朵一旦被採摘而離枝了，次日鐵定只剩一片垂黃瓣瘦的枯容了。

記得於西元二〇一三年的五月，當時也正是榲子花開的季節。陽光下，家鄉榲子花的葉片油綠發亮，讓人充分感受到它那蓬勃有朝氣的生命力。也是在那個時值初夏的月份，與妻子去了一趟馬來西亞，目地是訪友兼做志工。

為期十天的行程，在吉隆坡有安排講座分享、有替不少華人朋友進行皮指紋分析，也在蔡醫師的中醫診所裡替不少病患協助心裡諮商。待在馬國的時間雖然很短，但是透過蔡醫師的轉介，間接又認識了許多極真誠的好朋友，Alice夫婦就是讓我很感動的其中二位好友。

有一句話，如此說著：「愛情；是一世難解的緣份；朋友，是一生苦修來的福份。」我倒是認為，在他鄉異地，短短的數日還能結交摯友，相信彼此在累世的輪迴裡，那一份緣早已繫得很深，僅一生一世怎夠修得如此渾厚的良緣呢？

回國時，蔡醫師與Alice夫婦一起開車送我們到吉隆坡國際機場，出境前，蔡醫師送我們二對夫妻一段話：「美好的生命應該充滿期待、驚喜和感激的。」這番話，為這幾天的志工行下了一個完美的註腳！

又是槴子花開的季節了，夏夜的窗外幽幽地傳來濃郁的花香。當下，又讓我聯想到去年馬國訪友的那段情誼，一樣的季節、一樣的月份，只是彼此所站立的土地雖然不同，但是心頭所朝的方向想必卻是一致的吧！

★麻吉の知心話★

有時候，交情是在淡泊中建立，但日久彌堅。也有時候，交情是刻意爭取，卻得到對方轉身離開。

古云：「君子之交，淡如水」，這份似水的關係卻包含深遠的關心還有無限的祝福。就像是有時候，縱使彼此相隔甚遠，但是只要一通電話或一句問候，話裡傳遞過來的熱能會讓您通身舒暢，那就是真正的友情。

真正的友情是彌足珍貴的，它讓您內心產生能量；它讓您的情緒緩和又積極正向，在每個人短短的一生中，未必都能幸運地交到一位真誠的朋友。所以，不妨試試如花開一般燦爛的心情，去時時想念友誼的美好。

29

燭光下的心願

星光下，婆娑的燭影輝映著他那張稚嫩無邪的臉蛋，專注的眼神裡可以窺知他對願望的重視，我從他喃喃自語的口中隱隱聽見了他的心願之後，整顆腦袋就像被金箍棒緊緊摳牢一般，心思糾結了好久好久……

「暑期孝道營」的另一波高潮，就是在星光晚會時，可以聽見每一位小朋友不同的「心聲」！在所有人的心願中，只有他的願望最簡單、最單純、也最讓我感動。

在曉諭老師的引導下，每位小朋友的雙手都捧著一只小小燭台，雖有幾個小朋友睜一隻眼閉一之眼似乎正偷瞄著別人的舉動；但是大多數的學員幾乎都是真正用心地許下最誠摯的祝願。

星光晚會上，這個活動的設計，依照往常的慣例，小孩們的「願望」幾乎都以「欲望」居多，然而今日這一群參加暑期孝道營的小孩有一半是來自特殊家庭，所以他們許下的願望真的有些不一樣！

不一樣在哪兒呢？除了也會想滿足一些物慾之外，他們想得到更多的是親情與陪伴！

當許下了各自心願之後，隊輔們發給每人一張「祈福卡」，目的是要大家把心中的願望化為文字並寫在卡片上，完成了這張卡片，心願也將壓在枕頭底下伴睡到天明。

凌晨五點半，翠竹林梢的晨光微微乍現，空氣芬芳清甜。十頂紅色帳篷和這一群營隊的小孩們還在山林中酣睡，隊中許多小孩竟然是此生頭一遭睡帳篷，難怪興奮的表情紛紛溢於言表，看來昨晚睡得沉醉又香甜！

突然，值星官一聲長哨……驚天動地！池邊的睡蓮霎時甦醒；半夢半醒之間的「來旺」也搖晃著牠的尾巴迎向充滿朝氣的清晨。

小孩們睡眼惺忪的模樣青澀可愛，但想到了一大早既可以踏青，又可以將祈福卡掛在樹上並讓願望付諸實現時的心情，人人莫不引領企盼。

小小的土地公廟，屋後方有一棵百年的老楓樹昂揚挺立，環繞著老楓樹的四周有我們事先繫好了一根紅色棉繩，營隊的學員、隊輔幹部、幾位老師以及隨行家長們魚貫的繫上個人的祈福卡，卡片有鵝黃色、水藍色、粉紅色、蘋果綠等等顏色……風來，約莫七十張的卡片在晨光中搖曳生姿且婀娜起舞。其中一張，水藍色的卡片上留有幾個扭曲的字體，那也是一位七歲小朋友在外配媽媽離家出走一年後寫下的小小心願：「媽媽妳在外面玩好久了，請記得快點回家！」

在《候鳥來的季節》這本書的作者蔡銀娟小姐曾在其書序裡如此敘述：「候鳥移棲，是場冒險的旅程，沙塵逆襲，海上暴雨，只有通過考驗的候鳥，才能找到安身立命之所；愛，也是。」她將一個外配暗喻成一隻候鳥，還說：「候鳥有些來了又走，更有些，放不下心底的愛，就留了下來再也不走了。」

「所有的候鳥，飛得再遠，也會牢記家的方向。」她寫了這番話，但與正在風中搖曳的那張水藍色卡片卻極度的不協調！

一個最簡單、極單純的願望，當它的達成度率相對地很低的時候，這個夢想也許就可能變得極為奢侈！

此刻，我突然想起昨晚在星光下，婆娑的燭影輝映著那張稚嫩無邪的臉龐，當我注視著他手裡那道黯淡的燭光時……其實，我還瞥見了好多家長與老師們眼裡的淚光。

★麻吉の知心話★

慈濟證嚴法師在靜思語有一段嘉勉：「蠟燭即使有心，也要點燃才有意義。」的確，人生苦短，所以要掌握於當自己還很健康、很有活力、也很有想法的時候，想辦法讓自己的人生精彩又別具意義。

任誰，也無法料想明天會是什麼樣貌！今天的平安，是無數個平淡、歡愉、挫折、傷心或喜樂的日子堆疊起來的總合，所以；每一個平凡的「今天」都是值得感恩的日子。

愛要即時，所以做公益又何需退休之後？唯有讓自己的燭芯先點燃，才能綿續一室的燭光啊！

30 白花開了

月前，公司的同事以相當興奮的口吻向我報喜：「白花開了……白花開了！」一時誤以為他口裡說的是：「百花開了，百花開了。」

今年的春天因為被寒冬延遲，正擔心著廠房週遭的園藝因為季候異常耽誤了花期！所幸杜鵑花依舊盛開，而同儕所指的白花開了，意即去年親手栽種的多重瓣吉野櫻，當下株株皆苞實芽燦，甚至有幾棵已經繽紛結滿枝椏，賞著望著還真是怡人。

連日來，下了幾天的即時綿雨，為水庫的枯荒添注了幾許甘霖。頂樓剛培植的諸多花樹也省了諸多時間去澆水灌淋，而偷閒了幾日的光景，一時心血來潮趁著風和日麗的清晨於上班前想做一趟居家園藝的巡視，卻赫然發現：那三月剛剛移植才修剪過的茉莉居然冒出了十幾朵純潔皙白的小花！興起，湊近鼻子嗅聞，呵……一股淡淡的幽香自鼻尖緩緩地傳至腦際，有種難以言喻的舒活快感如潮水般的湧上心頭！我想，那許是所謂的「悸動」吧！

記得有位農場的老闆曾經向我提點：「所有的花卉，幾乎原生種是白色的花朵，通然都有較高的比率會散發出芬芳的香味！相對的，擁有濃艷色的花兒卻擁有香味的花種目前真的是非常的少。比方說：野薑花、茶花、茉莉花、梔子花……等等帶有香氣的花卉幾乎其原生種都是白色的花瓣。」

不同的顏色往往可以產生不同的心理作用。從細節上來說這些感受每個人都各不相同，但總的來說即使是來自不同文化的人也往往有同樣的感受。比如紅色使人心情激動，藍色使人安靜。而白色給人們的感受，更是真摯、高尚、雍容、至尊至潔的一種代言，尤其它更是近代人類最喜愛的顏色之一。舉凡結婚或者是喪葬，這些大喜或大悲舉世各國當今幾乎都是以白當作極致的代表色。

我細心地一朵又一朵地採摘了那些開在枝梗間的茉莉，不多時竟握持了滿手的芬芳！此時心中霎時湧上了一種想法；那就是我不但要將這些洋溢著夏日香氣的白色小花供在佛前的檀桌上，我還要將它們一直沁養在心裡面。

★麻吉の知心話★

宇宙萬物，認真去看待它們時，真的會發現它們兀自有其了不起的地方！如繁花盛開，各顯其繽紛燦爛的色彩，而白花在萬紫千紅的花海中，因其獨特的香氣仍能吸引著群蝶眾蜂簇擁而來。

人生其實很公平。您根本不需要去羨慕別人，比如說容貌或財富。朋友啊！其實您就是自己命運的主宰。您只要用心地去發掘自己的優勢，努力去營造自己的特質，這就是——魅力。

所以，您自己就是與眾不同的品牌，維持單純，仿若一朵白花的堅持，您就是你獨一無二的作品。

31

雲霧上的驚喜

那是預料外的一場驚喜！非得穿越雲霧之後才能逢遇的感動。

今年的春分過後，竟然如此多霧！雖未遇傾盆驟雨，但鎮日盡是那種濕濕黏黏的天氣。是節令使然？亦或是氣候亂象！連鬢鬚斑白的耆老們也在喟嘆：「現在的天候哪說得準？真像是當下的人心！」

連番的上坡，前方能見度又不到十公尺，我終於明白置身十里霧中的滋味了。四個車輪亦步亦趨，開啟車頭燈想以光波竄開濃濃的迷霧，但是眼見的山林景致仍似披上一層厚厚的白袍。

車內霧氣不輸窗外的嵐靄，遂把車窗搖至最底，沒想到竟也輕輕搖落了一地的詩意。

彷彿有一種雪芙蘭般的嬰兒乳液，滑滑嫩嫩的滋潤在臉頰之上，那般細細綿綿地觸感，追著車一路尾隨上山，其實此時窗外的車溫有些濕寒，但是內心卻是著了魔似的火熱。

從內灣老街再往尖石的內山前行，穿過雲霧之後，終於到了此行的目的地：宇老部落，那兒的海拔已經超過一千公尺。我們打算拜訪網路上超夯的人氣美食餐廳：以娜之家。

若到了宇老部落其實距離鎮西堡、司馬庫斯已經不遠了，從內灣到鎮西堡、司馬庫斯距離差不多六十公里，海拔大約一五〇〇－一七〇〇多公尺，看似短短的距離，因為沿路蜿蜒曲折，開車也要近乎二個小時的車程。（車速不要太快，一方面安全為上，另一方面趁機欣賞有錢也買不到的「低開發」的高山風光。）

這一家餐廳小小的格局，座落在內灣通往司馬庫斯（有著「上帝的部落、泰雅的故鄉」美號之稱）的沿途，許多單車族與登山客都喜歡造訪此處。也有人嬉稱這裡也是「流浪客最愛」。愛啥呢？愛這裡小小的浪漫；也愛這裡被放逐般的自由；更愛這兒精緻可口的美饌。

還有愛啥呢？其實啥都愛！就愛這種簡簡單單的幸福。

真是一段溫馨自在的行旅，就在二月某個悠閒假日的午後。那是大哥和我之約，兩個家庭共赴雲頂享受仙境美食之旅，出發前對於用餐地點我與大哥竟絲毫不知情，全部都是姪女們一手策劃，這樣讓我反而備感悠閒，沒想到學習「隨行」之後，漸漸也頓悟了「隨性」的滿足。

光陰消逝飛快，主人木器彩繪的時鐘那上頭指針顯示的方位，正是提醒著我們應該下山的時間。

彷若遊走於仙境間頑皮的精靈，我們從山腳下追逐雲霧而上，未料竟在雲霧上撞見了一隅的驚喜。

有人說：「與對的人，一起做對的事，那就叫做快樂。」

原來，幸福與快樂是如此垂手可得的事！只是許多時候，它們都被籠罩在迷茫之內，唯有穿越過層層雲霧之後，才豁然發現人生竟有這麼多不同的光景。

★麻吉の知心話★

每棟房子，各樓層都會設計許多扇窗戶；而在我們的心裡，也有許多面窗櫺。不論是在屋內或者心內，窗外都凸顯著不同的風景。

窗外的景致可能是晴天也可能是霹靂大雨，姑不論是哪一種的風光，也一定要打開窗鎖，才得見外部的世界。

心念，一如座落在胸脯間的一扇窗櫺，唯有打開它；讓日光照進來，心中才能盈滿能量。世上最累人的事，莫過於封閉著心窗虛偽地過日子！所以，且試著心念幸福，相信快樂就是一件垂手可得的事情。

32

它的名字叫感恩

在過年的時候，我們一家人會到幾處廟宇上香祈福，這個行程對子女來說也是過年氛圍中一項重要的記憶！

記得幾年前的農曆正月，一家人來到了桃園大溪的「觀音亭」朝拜觀世音菩薩，每逢假日人山人海的景致依然，好不容易登上數百個階梯後，心、眼頓時湧上一股豁然開朗的爽然。女兒很高興的喊著：「哇，這裡可以看得好遠喔！」

於是，我們憑欄往更遠處遙望：「以前書本有說：登高必自卑；行遠必自邇。這道理即是：「要往極高處，必從最低處開始攀爬；要走更長遠的路，也必須從最近的地點出發。換句話說，就是一個人未來要有大成就，必須謙虛的從小角色開始學習。倘若你們立定了很長遠的志向，也是必須從最基礎的項目著手學習，凡事沒有僥倖的。」這番話我特別針對學美工的兒子說的。

祈福完畢，我們趁香火未過半時四處攝影並參訪廟宇。此時，突然傳來廟簷上的鼓聲咚咚！女兒極好奇的問我：「爸比，為什麼黃昏的時候，寺廟都會傳來咚咚鼓聲呢？」此時兒子搶著回答：「妳沒聽過：『暮鼓晨鐘』這句話嗎？」小學三年級的女兒當然不懂！

我覺得兒子回答得很好，卻想問問他是否真的了解寺廟敲打暮鼓晨鐘的真正用意？兒子顯然不太明白還汲汲反問我是否知道原來的用意！其實真正的目的非我能斷言，但是我依據自己累積的知識以她們聽得懂語言解釋：「古時候的人都知道，鼓聲；是最貼近人類心跳的樂器，也有所謂「內心反省」的意思，而鐘聲有牽引、指導的明示，如學校的上下課鐘聲；教堂與家裡的老鐘敲響後的聲響等都有告示的意義。所以廟宇會在清晨敲鐘，代表一大早起床，就必須明白自己還有哪些功課要做、還有哪些計畫待執行，而黃昏時聽到擊鼓聲，表示針對一日的生活中，有哪些未圓滿之處亟待反省，古時聖賢常說每天要三省自身，也就是這個道理。」

高中的兒子顯然又有他的一番見解：「我們常常都在自我反省，可是別人都不懂得反省的時候，他們總是講一些風涼話真讓人生氣！」

我引用西方諺語與他分享：「屁臭是死人發出的牢騷，牢騷是活人發出的屁臭。」這句話就是說：「心跟玻璃杯一樣，太冷或太熱的東西都會讓它碎裂。所以太尖銳的話容易傷別人的心，我們時時反省自己的目的就是要讓自己學會謹言慎行，先將自己的內心如海棉一般的掏空，其實就能在別人身上學到許多的優點。」

禮佛完畢，回途於攤位上買了一支麥芽糖人給女兒，她高興的自言自語說著：「大家好啊，我的名字叫做海綿寶寶……。」兒子相當不認同的說：「這個名字太俗氣，乾脆叫它海派甜心！」霎時，他們陷入一番爭辯！後來女兒請我仲裁。

端詳半天，我突然靈機一動：「它的名字就叫做：感恩！」女兒顯然很高興這個名字，看了又看，她還真的捨不得讓「感恩」消融於口呢！

★麻吉の知心話★

「先將自己的內心如海棉一般的掏空，其實就能在別人身上學到許多的優點。」這句話說得貼切，謙虛的人才能懂得文中的真諦。

海綿若原本就已吸水飽滿，那麼丟向任何水器裡它依舊維持著自己的重量。人心若如海綿，一定得先把它狠狠地擰乾，才有機會吸足更多的水源及資糧。

一位過度自滿又常自以為是的人容易交到好朋友嗎？真的不容易！一個總是畫地自限，以自我為中心看待眾生者，其人際關係往往不好。

這個世界，是一塊超大的畫布，每個人的身上都有一種獨特的塗料，您要彩繪自己繽紛的人生，一定要懂得與他人彼此分享。在您人生的畫布上，不單是獨具巧思就能完美動人，偶爾需要集體創作、常常也需多元的色彩組合。所以，要想擁有一幅美麗的創作，決不會僅有單一顏色就能輕易地讓眾人心動啊！

33

節外生脂

你過胖了！這是一句現代人最容易上口的問候語。時時看著體檢項目欄內的敘述，我只能為那些青壯年的上班族群喟嘆；大家所謂的誰比誰健康，其實都是定義在體檢欄位上紅字的多寡來論定。

以目前的社會群聚來看，青壯年適巧是人生中最辛苦的階段，因為既要擔負父母的健康與反哺之責；又要挑起小孩教育與成長的重任。在三十五到五十歲之間職場上的男女，倘若沒有特殊的背景撐腰，此時正是高不成低不就的辛苦奮鬥時期，吃不飽又餓不死的收入恰恰僅能簡樸過日子。

雖然只能儉約過活，可是職場上的壓力總讓人喘不過氣，所以時有暴飲暴食的憂鬱症進食習慣。也就是為了舒壓，特別偏好某些甜食，縱使時間再晚、肚子撐破了也會有每天都想嚐進一、二口的渴望。還有一些人因為公司的事情總是做不完，每天拖到晚上九點以後才下班，然後晚餐宵夜共此一頓，就這樣不知不覺的「心寬體胖」地躍升為「腹腫」級的中尖幹部！

你做有氧了嗎？騎單車減肥嗎？慢跑消脂嗎？SPA館、游泳池、健身房、體育場做運動了嗎？一系列的節食計畫裡，現代的年輕人總會沾個那麼一、二樣。然而細密的節食與運動計畫後，泰半的人依然逃不過節外生脂。

母親生病後，換我接手打理菜園裡種種的雜務。每天清晨五點半以前必定蒞臨菜園澆水、鋤草；假日再利用較充裕的時間整地、施肥；並利用時間將每個不同季節的種籽、菜苗詳細地記載它們的生長週期和氣候適應的特性；歸類書籍、網站、長輩們口授的叮嚀做成一份「菜園啟示錄」，當我導入工廠的管理手法之後，發現自己的學習體驗飛快的進步，而我也從中獲得許多的樂趣以及生命的感悟。同時得到舒壓、減重、運動、心靈體驗、寫作靈感的湧現等等的好處，一個月來腰圍少了二吋更是意外的收穫！

種菜初期，剛種不到半個月的南瓜結了二顆小果實見了可愛，我與女兒看著總是雀躍不已！當時鄰園的長輩卻告訴我，我的南瓜儼然是營養不良！因為植物的特性猶如人類，當它的生命面臨劇變時最優先的行為必是想辦法開花結果，此行為真的類似人類中女性的母愛特質。還有一回，因為天候連續的艷陽高照，我擔著心水分不足所以引水灌溉，狠狠地將菜園裡的每一吋泥土都澆蔭濕透之後才放心回家，不料幾日後數株玉米及絲瓜的幼苗卻連根腐爛，從此我終於明白，植物一如人類都必須好好的呵護，不要照顧太過也不能漠視放任。

比如說：蕃茄與青椒，在它們還未成熟到足以結果的階段，隨時要避免節外生枝。一定要捨得將它們枝外的嫩芽摘除，它們才會狀碩高挺地結出漂亮的果實。苦瓜也是一樣，在它幼苗時期要常常鋤草，開花前至少要滿足二至三次的施肥，直到見到果實以後反而要停止進肥轉而立竿導引其生長方向，否則瓜苗滿地爬當有損果實未來的健康成長。這種體驗像不像照顧自己的小孩呢？

你過胖了嗎？但願您擁有玲瓏的曲線。倘若您幸運地也榮升為「中廣族」成員，也別氣餒！找一個適合您的運動，持之以恆的鍛鍊；注意飲食調養，也要懂得情緒的釋放。讓自己不再節外生脂的最好方法，何須靠外力？當今的我們是拼命的以健康來賺錢，再不懂得好好照顧自己的話，老了縱使花錢買健康也已經來不及了喔！

★麻吉の知心話★

人的一生最大的錯誤，是不斷地放縱自己。

沒有能力駕馭自己欲望的人，又怎麼有資格去談如何領導或影響他人？意志力能改變體質，相對的也能改變一個人的命運！

人只要不失去行動力，就不會輕易地失去自己的意志。成功案例很多，關鍵因子卻落在「決心」二個字的身上。

決心，換言之即是：行動力。您想瘦身嗎？記住；您自己的態度，決定了體脂肪的厚度！

34

畫題裡的人生

記得前年帶女兒習畫的時候，曾經與她的指導老師請教幾個「畫題」，當我們天南地北的聊起之後，突然發現每一個畫題都像是一幅人生圖騰。

其中讓我們談論最深的主題就是「山中藏寺」這個故事。我向他分享網路上看到的這則故事並詢問他的看法時，他的回答令我至今依然印象深刻。

某次畫圖比賽，當許多人看到是：「山中藏寺」這個題目時，彷佛是十分熟稔的畫題，遂揮灑神速也毫不思索地下筆，所以多半畫的都是高山峻嶺中，有座清樸古雅的小寺，或是座落山巔，或是群山簇擁，畫布上幾乎不外山林、雲朵、寺院等等。不過，脫穎而出得到第一名並得到評審讚賞者的畫作，卻贏在切題和意境。當所有的參賽者都將寺院躍然紙上，而忘了畫題是：山中「藏」寺；而冠軍卻用和尚點出了「藏」字的玄機此即是高明之處；因為既有和尚就理應有寺院啊！我引述文中評審的決議角度請教老師的觀感，他卻將一幅學生國畫的畫作拿給我看並要我試以老師的格局對此畫作說出評論。

甫接觸此畫，即見斷崖聳壁、巍峨山林、幽靜小徑以及一座氣勢磅礡的瀑布躍然於白色宣紙上，這應是一篇功力不錯的學生作品，我隨即告訴老師說：此畫應該沒啥挑剔吧！老師點頭微笑著說：「這幅畫的確畫得很好，唯一美中不足之處，是忘了『留白』，留白的意思就是說，整篇畫作裡務必要有空白處供作者題字以及落款。」

於是他又向我說了一個故事：「有兩位畫家相約各繪一幅畫，表現『平靜安穩』之畫意。其中一個畫家畫了一個大湖，風平浪靜，湖面如鏡，山上美景清清楚楚映在水中。另一個畫家畫了一片大瀑布，旁邊有一垂枝，枝上架著的鳥巢，幾乎被瀑布衝到，但巢中的小鳥正睡的安穩。相較之下，第一幅畫只是停滯，第二幅畫才是真正的安息，因為雖然在驚濤駭浪的逆境中，仍能處之泰然。」他將『山中藏寺』及『平靜安穩』二個故事接軌並延伸彼此之間的畫題，此刻我突然若有所悟，並推崇老師：「您不但教畫圖；還教畫心！從習畫中修身悟性，真是良師兼益友。」

為什麼又會記起這段經歷呢？因為上週公司舉辦了廠慶活動，慶祝餐會中將頒發『資深員工』及『績優員工』二個獎項，我們安排了幾位受獎人員的採訪並確認是否於當天能夠出席領獎。其中一名任滿十年的小主管，當我詢問他在公司受領「資深員工」時的感受時，他幽幽地回答：「老鳥回首：十年如一日；初當菜鳥：日日如十年。既已過了十年，也無風雨也無晴！此刻只想尋求安穩。」後來又訪問了一位『績優員工』，她是生產線的技術員工，得獎原因是配合度佳，人緣好；而且是主管的得力助手。經過深度訪談，才得知她的丈夫外遇離去，拋下二子由她獨立扶養，所以她拼命加班、工作，冀望將悲情淡化於忙碌之上，然而卻因長期勞累拼出病來！醫生告訴她罹患了胰臟癌，只剩下六個月的生命。此刻，她竟然笑著對我們說：「對不起，我無法出席領獎，因為醫生於當天已安排化療的療程。」一臉上竟然毫無悲情與懼意，真是一位勇敢的單親媽媽！

後來聽她敘述兒子也在學習畫畫，因此我和她分享了當初與國畫老師的那番對話。她聽完頗有感觸的說：「我真像是老師給你評論的那幅畫的作者！如果把生命當做畫布，時間的畫筆將我生命裡每一方寸的宣紙都塗滿了斷崖、山林、小徑以及瀑布等等，我誤以為這樣已經足夠無憾也無畏地完成自己想要的畫作，然而我卻忘了給自己『留白』的機會，所以才會連名字在這個世間落款的機會都即將失去！」

頓時，分針秒針好像突然僵持住了！沉默了一會兒，她又露出一貫樂觀且堅強的笑容：「獎項替我留著，除了『績優員工』之外我還想領到『資深員工』的獎牌哩。」

頒獎典禮，終於如期地順利完成，她也果然無法出席盛會。我心中一直惦記著她樂觀又燦爛的笑容！我期望『績優員工』這個獎牌她終究能健康的領走，而且我正在尋求一幅畫，景致一定要能表現『平靜安穩』之畫意，最好畫中呈現一片大瀑布，旁邊有一垂枝，枝上架著的鳥巢，幾乎被瀑布衝到，但巢中的小鳥正睡的相當安穩，有一隻健康的母鳥，牠正展翅慈祥地擁抱這著一群稚鳥……。這幅畫，我想送給她。

★麻吉の知心話★

如何讓生命如詩如畫？也許您會說：盡情將生命色彩塗滿就是了。

其實，讓生命留一點空白；就如同讓自己的生活留一絲絲喘息的空間是必要的。那個空白處，在您不如意的時候，不會困在悲傷的色度裡團團轉，會讓您聯想到有笑聲的日子。在您遭遇挫折的時候，也不會陷入逆境的氛圍裡苦苦調不出歡樂的色彩，反而會讓您聯想到還有一片有夢的地方。

留白，本應是平日亟需要學習的一項生活安排，千萬不要讓它淪為一種求生技巧！

Part 3

放下

當你的雙手緊緊握住時，其實真的握不牢一事一物；試著將掌心攤開吧！其實也能順便鬆開了你緊繃已久的矜持！

歲月是一把篩子，除去傷痛的最好辦法就是篩除抱怨！記憶中，你只要留下感動的成份就好，讓心思試著轉向正念。包容；才是人生最美麗的一道風景，學習以淡泊之心，看待生命裡的一切榮枯吧！

唯有放下，漸漸的你才會領悟，靈魂竟然會變得如此地曼妙輕盈。

35

記憶巴士

房車保養，汽修廠說仍需要三、四個工作日。

下班後，寒流加上冷鋒雙脅之下大地倏然失溫！火車站的站前廣場又冷又濕，瞥見電子溫度計顫抖顯示著：9度C。

原僅三十公里的路程，驅車回家的時間，車速再慢也不過是四十分鐘的消磨。此刻；我因選擇搭公車回家，這趟記憶之旅卻蜿延迂迴了近三十年！

書局內的書香依舊！車上學生的笑語如昔！路上的車流還是擁擠！護城河畔

的木棉花同樣謝了又開！但這些眼裡熟悉的景緻卻在我的內心深處漸漸陌生，一如窗外霓虹亮麗的街景，被公車的四輪竟悄悄地被帶向無盡模糊的景深。

望著窗外，記憶時而墜入深淵時而又恢復清明，腦海裡閃過的風景片片斷斷儼如拼圖鬥片，突覺無法抽離記憶的深井，就好像冷氣車的車窗無法讓我撥開透氣一般……！

低頭，滑啟智慧手機密碼鎖，首頁有一封MP3歌曲夾檔，點開檔案並順將音量轉小然後將機身貼附耳際，霎時，悠悠傳來一首相當熟悉的旋律：「阮若打開心內的窗，就會看見五彩的春光！雖然春天無久長，總會暫時消阮滿腹辛酸……」

嗶……嗶……！誰按了下車鈴？剛好提醒著此站已至家鄉。原來，陌生的車廂裡也有回鄉的同行！一如自己的人生旅途中，職涯的每一站總有人一起上車或下車；而真正雋永又讓人深刻的友誼，原來總是在電郵的字裡行間堆積；在噓寒問暖的電話中滋長。

下車前，回眸探望剩下幾個寥落的學生，默默祝福著他們能夠記住生命裡的每一段或長或短的旅程，也許一個記憶豐沛的人，在其內心深處，相對的會蘊藏了更多扭轉時局的潛礦吧！

★麻吉の知心話★

既然所有的想念都苦，所以不必拘泥於事事都要放在心上。光陰，是一個超大的篩子，會將生命裡喜怒哀樂一一篩檢，我們只要在記憶中留下感動的元素即可。

36

矇起眼睛，你還能做些什麼

曾否上過一種心靈課程，課程設計要你矇起眼罩，然後勇敢的向黑暗的未知前行？

那是一種其妙的感覺，因為黑暗總是伴隨著許多的恐懼，許多的不安，還有許多的躁鬱！但相對的也會帶來一些領悟，一些沉澱，還有一些些的勇氣。

偶爾為之的遊戲，可以讓我們放下心防然後順心從意的接受課程考驗，然而你可曾想像，倘若必須矇起眼睛學習自己上街購物；必須矇起眼睛學習自己吃飯、獨立盥洗；必須失去眼睛去適應一切黑暗生活作息，你做得到嗎？

「除非我是瞎子，要不然肯定是瘋子！」可能你會給我類似的答案。

而你一定也從來沒有想過，眼睛看不見，如何在馬拉松賽事中服務跑者，又如何拿起相機按下快門，捕捉跑者的身影？我在一則新聞篇幅裡，發現到了生命的奇蹟。

人，總是沉溺在自己的習慣領域裡，一旦那五花八門的精彩視界在眼前頓然消失時，彷彿就像失去全世界那麼令人不安，所以，學習適應黑暗是相當必要的。所以，光影的背後；榮耀的背後；財富的背後；掌聲的背後……都可能隱匿著挫折的黑影。

畢竟，天空不會永遠陽光普照；花卉也無法百日常開，心不會有恆常的低潮；人也不會有恆常的健康！

因此，有一些成就需要挫折；有一些掌聲需要眼淚；有一些舞台需要陰影，有一些歷練需要歲月。

所以，從逆光中學習展翅飛翔，其必備的要素決不會只是勇氣而已！

★麻吉の知心話★

低潮的背後，等著就是高潮再啟的時機。

其實，不用擔心矇起眼睛，你還能做些什麼？當我們已經看見了內心微小的慈光，其實就等於已經看見外表一顆燦爛的月亮。

37

在天涯盡頭的約定

小時候，一位遠親的過世，讓我初步認識到了真情的樣貌。

早上，在他九十一歲風光的告別式場上，與會賓客弔客雲集。下午，與他廝守一生的妻子卻黯然離世了！結髮七十餘載的夫妻，相約在另一個世間締結連理。

鄉親們互相傳頌著說：「真是一對恩愛鴛鴦！」，而當時年幼的我只是忖度著：「怎麼又辦喪事了……？」

前些日，在自由時報也看見一則感人報導：「相守七十年，九旬妻先走一步；廿三小時後，百歲夫緊隨而去，此生緣盡，又在另個世界結髮……。」

此時我才恍悟，原來世間最感人肺腑的真情告白，決不是年輕人動不動就常掛嘴邊的那幾句話，反而是願意用一輩子去諾守盟約，懂得將真心放在心裡、漾在眼裡、濃在對方生命裡的那三個字……我等你。

等什麼呢？等著天地去證驗怎樣的付出，才算是世間真情？等著子孫去見證怎樣的愛情，才稱得上琴瑟合鳴？

金婚，五十年；鑽石婚，七十五年！現代的年輕夫妻，好多人連七年都撐不過，如何去想像超過七十年以上的朝夕相依？

愛情，沒那麼簡單。婚姻，更沒那麼容易！今生能結髮夫妻，應是前世彼此的約定，而能夠攜手白頭偕老互為對方承擔一輩子的幸福，甚至連人生的最後一場劇碼也是前仆後繼的落幕，並一起奔赴在天涯盡頭的約定，這……是否才是真情的原始樣貌？

當繁華落盡，那些曾經出現在年華裡的悲歡憂喜，不論是你愛過或恨過的回憶，一旦揮別人間的時刻，是否一切雲淡風輕亦或刻骨銘心，其實……這些感受都存在別人的故事裡了。

★麻吉の知心話★

「我等你」，這三個字比任何承諾還值得期待。

其實，不用擔心感情會歷經生活而變質，也不用懼怕兩人之間的感情會因歲月而腐壞。記住：真心，其實就是愛情最天然的防腐劑。

38

歲月如詩

前些日，白天帶母親至醫院門診時遇見一位十多年未見的老朋友！

初見面，為這次難得逢遇而雀躍不已！聊開了，當漸見歲月鏤刻在兩人額際之間明顯的痕跡時，真有些不勝唏噓之感！

「為了痛風，我來這裡門診，今年已經第三次發病了！」朋友一臉無奈的對我苦笑。

猶記得年輕時期的他也是一位運動健將，舉凡公司舉辦的大小型運動比賽都能看見他矯捷的身影，只不過十幾年的工夫，因為沒有管控的飲食習慣，讓球場上運動達人淪落為醫院的常診病人。

匆匆的揮手，他進入家庭醫科的門診，伴著母親我們也走進心臟內科的診房，常聽老前輩說：「在醫院最忌諱說：再見。」我們非常有默契地兀自前往自己的目的地，但不是有所忌諱，而是來不及說再見！

塵世間，來不及說再見的案例常常有之。許多人在我們的生命裡出現了，又離開。不同的人在不同的時間裡相遇，說明了生命中每一次的緣起緣滅都有它的意義，無須馱負太多的嗔癡在自己的心上，應讓生命裡每一階段的緣分都充盈它自己的美麗。此時，我心中如此想著。

晚上，腦海裡多了一份沉甸甸的思緒，正想蒐尋關於十幾年前種種記憶時，赫然看見Line傳來一個重要簡訊，那又是二十幾年前久未聯絡的老同學突然致上的一則問候！

天啊！今天怎麼了？耳際突然傳來隱隱的嬉鬧聲，聲音感覺有點遠，其距離似乎間隔了幾個十年；有時候又覺得真的好近，彷彿只差了一心之遙！

嬉鬧聲，洋溢著年輕；笑聲裡，也沒有包袱；聲譜中，發現有陽光燦爛。所以，我如此的假想，是否因為詩，才能讓真愛不滅？是不是唯有詩，才能讓記憶不朽？

當年，我也是在詩行裡，學會勇敢。青春期，也是在詩句裡，練習堅強。而今，走過了青春，漸漸走向中年，想想笑聲少了；但責任重了。嬉鬧聲沒了；但回憶多了。當一切都在幻變的當下，感念歲月如詩，讓每一個苦澀的日子都成雋永的字句；因為有這些真情的堆疊，才能組合出一首回甘又耐讀的生命！

★麻吉の知心話★

也許，你會有一百種原因，造成心情低落。有時是健康；有時是工作；有時是家庭；有時是人際關係。即使你無力駕馭外在的環境衝擊，但是，你卻可以試著學習掌控自己的心情。

快樂，不是某種狀態，而是一種心態而已！只要心情隨時保持著正面能量，
任何苦痛在生命裡堆疊，最終也能雋永成一篇美麗的詩章。

39 哭泣的菩薩

五月前夕，在南部就讀美術系的兒子傳簡訊給媽媽說：「正在創作一張圖畫，準備送給您當母親節禮物。」

過幾日，從Line傳來一則簡訊，並附上一張貼圖，圖中的主角是一尊佛像，一尊臉頰掛著淚滴的菩薩畫像。

我們都不解兒子為何要以這張圖像當作禮物，於是回以簡訊詢問：「為什麼想畫這張哭泣的菩薩送媽媽呢？」

兒子立刻回覆說明：「因為在志工隊裡，妳總是極度熱心的照顧了好多的特教小孩，時而帶領大家關懷三失老人；時而週旋於外配與弱勢家庭之中，眼裡觸及的都是苦難的圖騰，一如在菩薩法眼底下所現的都是芸芸眾生疾苦的模樣，因為內心同樣慈悲，所以才會落下不捨的眼淚……。」

霎時，妻子訝異不已，並回信寫著：「我們是何德何能，怎可與菩薩相提並論呢？不過你懷有這番心意，著實讓媽媽感動不已，謝謝。」

是今生藝術家敏感的特質？還是累世與佛緣隱隱的牽繫？在我們眼裡仍不過是一個二十歲未滿的小孩，怎可以生動的描繪出菩薩對蒼生的悲憫……？

兒子從小自認不夠聰明，所以上大學後非常努力的朝自己的人生目標邁進，身為父母的我始終也以此信念勉勵小孩：「從小功課好的學生，長大後進入職場未必更有成就，一如長跑；勝利者，必是撐到最後光榮壓線的那一位選手。」

這些年來，為人父母後更加明白，原來善良比聰明更得來不易！聰明是一種與生俱來的天賦，可以助人但也可能害己。而善良是一種淺移默化的影響力，本是洗滌心靈的內化修為；最後也常是推己及人的無為上功。

★麻吉の知心話★

人生，是一場場的競局。「聰明」有如攻擊手，可以在賽局裡頻頻得分，然而卻也常常傷了自己。「善良」一如守門員，是人生格局裡唯一的關鍵角色，亦是最後也最重要的一道關卡，一切成敗唯它！

善良，如水又如陽光。在任何狀態下都很柔軟也不具攻擊性。但是，它卻有一股很強的滲透力，能穿透人心的冷漠；穿透人際的高牆！它深度的影響力，是能在「愛」裡淺移默化。

40

聽了一首感動的歌曲

深夜，難得的一日空閒，也是從二十四小時中擠出唯剩的那麼一丁點兒時間，我留給了創作與閱讀。自從Yahoo部落格關閉之後，創作的平台漸漸轉移至臉書，從臉書分享自己的文思與閱讀文友們的心情似乎變成了睡前的一種習慣。

進入臉書的帳號前，我點啟了朋友寄來的一首MP3檔案的歌曲，曲名是《千年之戀》。

是怎麼樣的一首歌曲，聽了能讓一個人的靈魂莫名悸動？我想除了雋永的歌詞，還有曼妙的旋律之外，或許歌者詮釋的態度才是最關鍵的催化劑！

喜歡耽溺在耳朵邊聽歌，眼睛邊瀏覽的簡約幸福裡。

網路上優質的寫手不少，在臉書上交友與聊天的似乎更多。互動時，有許多朋友喜歡以清涼的圖片當作是人際互動的焊接點，尤有甚者，還有謾罵與負面情緒的文字灰沉沉地躍然螢幕之上，當我造訪了這些朋友之時，直覺按讚很不妥；留了言「讚」也跟著掉了進來，這真是一個很怪的感覺，但也是網路社群很可愛的地方。

除此之外，也有許多的作者喜歡將情、愛擺在生活的中心軸上，哀怨、感傷、嗔癡的文字不自覺地悄悄地在其生命裡佈下了天羅地網，心……常常就那樣地被糾結在一塊了！情緒，總是墜入自己設下的魔網裡。

生活中，可以感動的因子很多，只要用點心就會看見。如一張精彩的攝影照片，其實本身已經蘊含豐富的情感與生命，毋須過多文字贅述加註。而一篇真摯的小品散文，也許其中每一個文字已經裝載著滿滿的祝福在網海裡游行，縱使無太多「讚」的加持也不失它的可讀性。一首歌，當聽見有人用生命的力道去詮釋詞曲的氛圍時，內心就很容易與之共鳴。這些點滴，都是俯拾即是的感動！

暮春三月的闇夜，我為一首「千年之戀」心生觸動！在一壺茶一片葉的茶詞中，隱隱暗喻了緣份的凋零與興啟；在一片礁岩一朵浪花的碰觸裡，明白顯示了不朽故事的枯萎又重生。心頭想著到底是怎樣的戀情，迂迴了千年依舊纏綿而且還糾結不清？

客家歌書裡有一段詞如是寫著：「上山看到藤纏樹，下山看到樹纏藤，藤生樹死纏到死，藤死樹生死也纏。」這首《纏》與《千年之戀》的詞意真是古今相輝映！

忘了是誰說過：「緣分是本書，翻得不經意會錯過，讀得太認真又會流淚。」若果真得悟如此，那麼姑且隨緣隨性，相信生命裡一切的結果，也都是上天最好的安排。

★麻吉の知心話★

緣起緣滅，不是存在感情的開始與結束之間，而重覆輪迴於自己的心念之上。容易感動的人，相對比較懂得感恩。懂得感恩的人，相對也比較願意付出。而願意付出的人，內心相對容易得到滿足。易知足者，「幸福感」往往比他人會多了好多！

幸福，其實就是那麼簡單，一切從感動開始。

41

掌心裡的秘密

接送女兒上學的途中，在學校附近的七~十一戶外陽傘底下，見一群學生們吃著早餐，臉上洋溢著青春無敵的笑容，布傘除了過濾了強光似乎也隔絕了所有的憂鬱與陰霾，傘下繽紛著快樂的情緒。

她們在玩啥為何如此盡興呢？心中多了一份好奇於是忍不住多看一眼，後來發現原來她們正在進行著互猜對方掌心裡硬幣數量的遊戲！

猜猜掌心裡的秘密，那畫面真的讓我既感慨又很感動。

猶記得老大剛出生後那年，初為人父的我根本不明白過動兒的小孩，為何他們的體力總是旺盛過人？為了轉移他的注意力，我喜歡手中握些小東西然後讓他猜猜掌心裡會有著什麼玩具，而在他小小的腦袋裡根本連猜的意願也沒有，只是心裡想著如何運用他那肥嫩的小手好將我的五指逐一撥開，一旦掌心打開了驚喜往往也就跟著尾隨而來。

洞悉他那小小的企圖，常常也是滿足自己內心最大的樂趣。想著，念著，轉瞬間老大也過了二十歲的生日！

前些年，我到泰北從事國際志工，有一位五十多歲的大叔接受了皮指紋檢測與分析之後，他向我提出了一個問題：「看過我的手相，是不是正可確認我天生注定就要潦倒一生？」

突然想起了某位禪師向一俗眾解惑迷津的一則故事，於是依樣畫葫蘆模仿了他勸化的伎倆。

「皮指紋與手相是截然不同的兩套分析邏輯，其跟人格特質有關，卻與命運沒有任何的牽連。」為了讓他更明白我的論述，於是我請他伸出左手指著他手心裡的紋路：「你看清楚了喔！這條橫紋叫做感情線，這條斜紋叫事業線，另外一條豎紋就是生命線。」

請他睜亮雙眼再一次看清楚他掌心的紋路之後，我導引著他將自己的左手再緊緊的握起來：「關於命運的三條主要線紋，請問現在在哪裡呢？」

他一臉詫異，似乎明白了我的暗示：「握……在我自己的手裡。」

「是啊！命運一直握緊在你自己的手上，怎麼還需要再向別人確認自己的人生？你這一輩子是否窮途潦倒亦或精采萬分，問自己最明瞭！」

他向我鞠躬道謝，臨走時還頻頻張開自己的雙手打量，似乎想挖掘更多關於自己掌心裡的秘密。

突然聯想到多年前出國義診的這一段插曲，內心忍不住會心一笑！女兒見我嘴角微揚，於是好奇地問我：「爸爸，您想到何事心中竟如此歡喜呢？」

車子駛往校門口，距離打鐘剛好差一分鐘，我隨口回答：「妳起床遲了，幸好到校並未遲到，我們何其幸運啊！」

看著女兒飛快腳步衝往教室的背影，腦海想著，有太多人的腦袋一味地想要追求掌心裡的真相，所以總是急著五指攤開亟欲「問過去卜未來」，而此刻的我卻只想緊握雙手，牢牢握緊那屬於自己可以掌握並擁有的一切小小地幸福。

當下，心中不時地翻滾著一句話：「真的，我是何其幸運啊！」所謂念由心轉，赫然發現自己的心思，竟也愈轉愈清明了。

★麻吉の知心話★

世界上只有兩種人：習慣掌心向上者和始終掌心向下的人。掌心向上者，喜歡索求，掌心向下者卻時常布施。前者也許能吃得更好，但後者絕對能睡得更香。

掌心裡的秘密，牽涉了「生活」的富裕度也影響了「生命」的豐富性。前者易受環境影響而遞減，後者卻隨著歲月的延伸而與日倍增。

42

兩斗米會唱歌

農曆年前，母親特別交代：「只要年初至年尾曾經向神明許過願的廟宇，全部都要於除夕之前找時間去還願！」

罹患阿茲海默症的母親許多事情都忘記了，唯獨這件事卻還惦記！後來才發現，諸如母親這般患有失智的老人似乎對以前的事情都能如數家珍，反而對剛發生的事情卻常「過目即忘」！原來她的腦袋恰如磁碟已滿的電腦；要存入新的記憶，必須「剛好」有部份的記憶被消除。

因著母親重複的贅述，於是趁假日早起，車廂內擺放了一些水果與金燭，一個人驅車前往母親以前常去的廟宇還願。其實，一年來自己未向神佛許下任何需求，一切只想替母親順便了願而已。

趁香燃燒尚未過半，我到廟旁的商店東兜西繞。倏見一攤茶行，老闆汲汲招手引我入室品茶，於是乎大剌剌地就將屁股賴在椅子上，與老闆且天南地北的暢聊起來。政經、生活、科技、藝術、人文或地理他無所不談，他還說：「這些話題，他與客人們已經聊了三十年！」

在他的茶行進出的客人有熟識也有過客，一如人生裡逢遇的客人有些成為知己；有些此生真的就僅是一面之緣！幾杯茶湯，串起的緣生緣滅，讓投緣者生命中互留了濃醇的喉韻；而淺緣者留下一句再見即終生不見！

「你滿意自己的人生嗎？」

他笑了，替我再斟上第十杯茶水，然後以客家俗諺回答了我的問題：「窮人毋使多，兩斗米會唱歌！」

簡要的回答，卻道盡了三十年歲月的精華！我也會意一笑。

起身，揮別前順便買了兩包茶葉（一包金萱、一包烏龍），心想交替著喝，且讓自己的人生，有時鮮綠清香一如金萱；有時候烏沉濃韻一如烏龍。生活的茶湯不論其顏色是鮮或暗，只計較生命的喉韻是否一再地回甘。

※註解

窮人毋使多，兩斗米會唱歌：比喻樂天知命，體悟人生的人，不忮不求，不作非分之想，不作額外貪求，更不逞欲逐利，只盼生活所需，足以溫飽，有了兩斗米，就精神愉悅，心滿意足，高興得可以唱歌跳舞，與人為善了。

★麻吉の知心話★

茶，要趁熱喝，涼了甚至隔夜，就不好喝了。一群人泡茶聊天止渴又交心。人散了，茶也冷了，茶再入喉其韻就會變得苦澀。

泡一壺好茶要掌握的細節很多，縱使擁有一包好茶葉，但還是要講究水溫與水的品質才算完美。若把品茗譬喻交友，心溫則有如茶壺內水的溫度，保持八十五度的熱氣最剛好。太燙了，會傷喉嚨；太冷了，難展茶韻。沖泡之間，猶似友誼磨合的過程，持壺者也好，品茗者也好，唯有彼此用心，才能共同體會到茶湯的甘醇與甜美。

43

一杯白開水

無色、無味；一杯透明的白開水有什麼稀奇？

有二位讀經班的小學生，其中一人手裡拿著連鎖店的珍奶，另一位手裡拎著瓶裝的紅茶，都是一臉狐疑的反問著我：「麻吉老師，您總是叫我們不要喝飲料，可是那一杯透明無味的白開水一點都不好喝呀！」

當今的小孩都非常喜歡喝便利商店裡陳列的有糖飲料，不但花錢而且也有損健康，連自家的小孩也難例外！甚至朋友也曾這樣告訴我：「一杯清淡的白開水連我自己也不喜歡喝，我只喝茶，偶爾喝一點葡萄酒。」也有許多年輕的同事曾經告訴我說：「最愛，還是可樂！」

這個世代真是「加工」過頭的年代，生活中儼然失去了單純。吃的蜜餞點心需要加工；佐料、食用油需要加工；住的房子總是過度的裝潢；穿著競相講究奢華；走路人人靠車代步，想要運動時卻只往健身房；看電影只需電腦或手機，連最後一道防線——臉蛋，也是要靠加工才能夠見人。

生活裡，當食衣住行育樂沒有一樁是純天然事情的時候，生命就會逐漸變得複雜。因為人與人之間相處太過注重「表相」，反而造成精神與心靈上的需求不滿或與情緒不安，一味追求精緻化或務求完美的結果，常落得因「過度比較」而導致寢食難安！

連睡覺這麼自然的事情都要靠藥物助眠時，如何跟這麼一群人談「放下」呢？

小時候容易滿足，肚子餓了沒有零食，母親隨手一個鍋粑飯糰就讓我們雀躍不已！所以兒時覺得幸福真的是一件簡單的事，然而年紀漸長，似乎覺得「簡單」才真的是一件幸福的事情。

當有人若再問我：「無色、無味；一杯透明的白開水有什麼稀奇？」屆時我會輕輕地回答你們：「它稀奇又可貴之處，其實就在於『簡單』二字。」

簡單的食物，才能真正不讓身體造成任何負擔！簡單的朋友，才能真誠又雋永地讓友誼長長久久！簡單的生活，才能驗證生命裡所謂的「歲月無驚」這句話！

「簡單」二字，卻是二十一世紀最不簡單的一件事情！

★麻吉の知心話★

為什麼「簡單」這件事，在這個世紀人們的身上，卻變得那麼的不簡單？一切都因「欲望」讓人心變得複雜。

柏拉圖說過：「思想便是靈魂在對自己說話。」如果您的內心總是相互爭執，想法常常前後矛盾，那麼不管人處嘈雜的賣場中；或是身在夜深人靜的闇夜裡，在您耳邊迴旋與心中激盪的永遠將只是雜音而已！

所以，想要回歸於「簡單」，必先學會「簡欲」（也可寫成減欲、儉欲、檢欲或繭欲）這功夫！簡單的人生，從統合自己的靈魂開始。

44

生命中的神秘果

那一天，重回聽眾身份聽了一場演講。開講之初，工作人員讓每人吃了一顆神秘果，之後再品嚐一片檸檬切片。

剛開始，某些未曾嚐過神秘果滋味的一群人，乍見檸檬似乎就已經打退堂鼓了，似乎連品嚐的勇氣都沒有，後經說服，在場的聽眾每一個人都吃了神秘果也品嚐過了檸檬片。當體驗過後，場內嘖嘖稱奇之聲不絕於耳。

依據維基百科的記載：「神秘果（蜜拉聖果），又名變味果，屬於山欖科多年生矮生灌木，原產西非熱帶地區，一九六〇年代引入中國後，在廣東、廣西、雲南、海南等地都有種植。其他國家如越南、臺灣、菲律賓也有栽種。神秘果的果肉酸澀，但內含有神秘果蛋白，吃了神秘果半小時內，接著吃其他酸性水果，會覺得這些酸水果不再是酸味，而變為甜味，故名神秘果。」

為什麼講師要聽眾親嚐神秘果呢？原來，神秘果能將任何酸性水果都轉化成甘甜的滋味！如此神奇的幻變，其實並沒有在水果原來體質上或結構上刻意施予任何改變，純粹只是在味覺上的轉化而已！而神秘果如此玄妙的功效，恰如人生逆境理亟待學習地轉念的功夫！

高中求學時期就讀工科體系，當時熱愛文學的自己，讀小說時候的高昂興致，總是遠遠勝過每日手上接觸的數理課本。斯時，適逢叛逆期又缺乏自信的我，幸運地遇到了生命中一位影響甚巨的貴人——林柏燕老師，著作等身的他既是作家，也是陪著的我二年的班導師，他一直鼓勵我寫作，也向學校推薦我參加校外文學營，他對我至今的寫作啟蒙極深，也是課業上讓我重建自信的重要導師，他在我生命中的影響力，儼然似一顆其妙的神秘果。

黃炳煌在其著作《教育小語》裡有這麼一段話：「教育乃是一引人『向善』和『向上』發展的歷程。」我相當尊崇這一句話。

有一位朋友，渾身上下散發著「Topsales」的迷人魅力，見了他總是洋溢著迷人丰采，他告訴我：「我也曾經低潮過！業務人人會跑，成交與否卻不是人人有把握，保險業隨時將面對客戶的拒絕、賣房子考驗著眼光與持久力，汽車業比銷售魅力也比服務規格，我在上述三種行業都曾浮沉過好一陣子……！還好這些挫折，都蛻變成讓我後來逆勢而上的動能。」

神秘果，具備轉化味蕾的功能；而一個人生命中的神秘果，則應具備轉運、激勵的雙重效能。「它」的出現，似乎沒有一定的邏輯或固定的型式出現在每一個人的生命裡。引述歌德說過的一段話：「人生的價值以及他的快樂，都在於他有能力看重自己的生存。」是故，若有一雙慧眼，能看清自己生命的價值時，一定也能看見自己人生命中神秘果的樣貌，「它」也許是一位貴人；也許是一種挫折；也許是一次意外；也許是一種的提攜……。「它」不論以何種姿態出現在你我的生命，其影響力，深信早已淺移默化的沉積了咱們生命的厚度、淬鍊了心性的寬度以及拓鑿了靈魂的深度了。

★麻吉の知心話★

我們一生當中會遇到很多次想改變別人想法，然後冀求觀念一致的事情。當我們在說服甚至勉強他人的當下，其實您擁有的「影響力」即悄悄的在下降！

有時候，也想發心的去幫助某些人，但很多時後對方未必樂意接受您的施予，就在懊惱跟遺憾的時候，能量就會降了下來，降低我們的服務初衷。

為什麼會有此現象呢？原因在於您自身還未具備了「品牌力」！若您的德行與口碑在眾人之間早已有目共睹，那麼您的所言所行都容易受到肯定。

所以，想要當別人的貴人之前，必先成為自己的神秘果，當自己擁有獨樹一格的「品牌力」時，您也將同時具備了改變別人「味蕾」的能力！

45

願與蝴蝶共舞

走進菜園，約莫十坪大小的田地，那是我辛苦耕耘的有機國度，也是刺激自己為文創作的一片夢土。

我種菜有我自己依循的一套模式，旁邊的三姑六婆卻總是不以為然！「像你這樣種菜，連蟲都不夠吃喲！」右側的大嬸邊噴灑藥邊對我調侃。「呼伊死！用手捏死就好啦，你想抓去哪裡？帶回家爆炒薑絲嗎？」左側的阿姐看我費心地翻著高麗菜葉專心找著菜蟲，真的有種「黃帝不急急死太監」的感慨。

「你還是只用菜葉堆肥在澆菜啊？等到你的冬菜長大了，我家春天的蔬菜也已經可以收成啦！」下方的阿婆，一邊施灑著向農會購買的銰磷基複肥（台肥粒肥），一邊粗聲地嘲笑著我說。

因為堅持有機，所以不灑農藥、不施化肥、不殺生靈，這「三不」政策，總成為臨耕的三姑六婆她們茶餘飯後嘴裡八卦的笑柄。而我依舊固守著自己的原則！

可是，我似乎也嚐盡了苦果！舉凡大白菜，大頭菜，白蘿蔔，或花椰菜等，每一片菜葉都是無一倖免地同樣地「千瘡百孔」！這樣也好，蟲有得吃；我也有得吃。它們勤快地吃，就會有長得肥滋滋容易讓我逮著的風險。而我若也想討得幾片葉回家烹煮，每天就要清晨五點多起床趕去菜園勤快的去抓蟲，不然上班可就要遲到啦！

天地間，往往存在著一種其妙的平衡。人類若無開發過度，大地就不易風雲變色；人類若無貪婪妄慾，世界就能減少爭奪擄掠。所以，人類若能胸存悲心看待這個世界，天地萬物知間也必能共存共榮。

念此，想到一則出自《朝野僉載》的歷史故事：「有一天，唐太宗需要沒有固狀脂肪的肥羊肉做藥。於是下旨給司膳官全力準備。司膳官真的不知道該從何處取得沒有固狀脂肪的肥羊肉，於是找了當時的侍中郝處俊並詢問該怎麼辦？

郝處俊深知唐太宗心懷善德，遂心生了一計，他向皇帝上奏說：「若要找到完全沒有固狀脂肪的肥羊肉，那必須找五十隻大肥羊，然後在羊的面前逐隻宰殺！因為每隻羊都會感到恐懼，所以羊身上其固狀脂肪都會破凝固狀而進入肉中。取那最後的一隻羊肉，就會得到極肥又沒有固狀脂肪的肉了。

如此殘忍的作為，終讓唐太宗停止了殺羊做藥的想法。事後，他獎賞了郝處俊，除了敬佩他的知識淵博之外，也感謝他能以智慧諫言，適時阻止了唐太宗做了一宗損德造業的情事。」

俗云：「上天有好生之德。」我相信，天地萬物若能和平共存，這就是一種良性的平衡。上帝從不埋怨人們的愚昧，可是人們卻時時埋怨上帝的不公平。為何如此呢？因為我們的內心總是不平靜，許多人總是遍尋不著讓自己情緒平衡的那一處支點，所以才會抱怨連連。

而我每次走進菜園，有時拔草；有時鋤土；有時移植；有時灌溉，且不管斯時做了哪些事情，當下的我，內心總是充滿感恩與期待的。因為，我想感謝天……賜我雨霖還有日照；感謝地……賜我土壤以供孕育；感謝三姑六婆們……每日無止境的諄諄教誨；感謝這一片綠油油的葉菜啊！它們都成了我的稿紙上臨摹寫意的創作題材了。

在一個無須上班的假日清晨，右肩荷著鋤頭的我悠閒地走向菜園，途中，遇見難以計數的黑蝶、白蝶、還有五顏六色的彩蝶齊聚在菜園上空翩翩飛舞，這難得的畫面真是美呆了！我的心中悸動不已，真的好想與這一群快樂的蝴蝶恣意漫舞啊！

霎時，感恩之心又啟，真想感謝天、感謝地、感謝菜園這一片嫩綠的奇蹟……喔！最後一定要感謝妻子，因為有妳的好廚藝，讓我每餐都能飯飽湯足，天天都享有好心情。

★麻吉の知心話★

並非所有努力修行中的人，一定不會做錯事！也不是毫無信仰者，比較不會主動去做好事！我們不能用個人信仰，去衡量一個人對社會貢獻度的高低；就如同我們無法以個人外在的容貌，輕率地去評斷他們到底是好人或者是壞人一樣的道理。

然而，「做對」一件事，遠比「做了好幾件事情」來得重要！雖然「好事」或「壞事」僅只是存在於世人心中的一項普世價值，或許它沒有一定的界定標準，但至少可以聯想的是；「好事」必能「存德」，而「壞事」必會「造業」。

多數的人，想要「存德」常常慎重其事，卻不知「造業」卻總在一朝一暮之間發生啊！念此，怎能不日日躬身反省；時時戒慎恐懼呢？

46

有種氣味

總是會有某種氣味會讓我的心靈得以安頓，比方說茉莉花淡淡的幽香或是桂花盛開時的香氣。

在秋收冬藏的這個季節，回家的路途上最愛嗅聞那些稻田在收割後湧入鼻息的那股意味著豐收的清香。有時候沿著新關公路（新埔至關西），還可以看到路旁曝曬許多的仙草，當晚風吹拂而來時，從仙草根散溢出來的氣味，會如同春霧裡的詩氣一般緩緩地又雋永地悄悄儲存在大腦的記憶深層。

記得兒時，也是在當下這個節令，尤喜歡在黃昏時刻，觀賞著農夫們涉足田埂間揮汗扎捆稻草的景象，常見他們將一些多餘零散的稻草集中堆疊，然後再施放一把火使之燃起熊熊的火焰，待火熄灰燼時，便可以翻入深土化作來年新肥了。而此時被燃燒的稻草，將會漫起一條通向穹蒼的狼煙，緩緩地連結著忘了返家的雲朵，一起將家鄉的黃昏燻成了極幸福的暮色。

我喜歡在瞭望著這些景緻的同時，讓鼻子也能深刻感受到燒稻草的氣味。記得與妻子初識的時候，慣住在都市的她每每與我騎乘機車回鄉下時，她總會不由自主地脫口說出：「哇！你聞，那是『鄉村』的味道呢⋯⋯。」是啊！這的確是屬於鄉村的況味，遠離塵囂俗氣、超脫高樓冷漠又桎梏的圍籬，那也是包容所有從城市逃開靈魂的收容所，而這些燒稻草的氣味，正是都市裡那些脫韁野靈最佳的休憩驛站呢！

幾年前，我在九九重陽節關懷的活動中，我們拜訪了一位越南籍的新住民，第一次婚姻在暴力陰影下結束，透過台灣在地人的協助，好不容讓她重拾對人性正面的思考。去探望她時，她家遠在窮鄉僻壤，蜿蜒的山路旁不時地傳來野薑花淡淡的香氣。後又經台灣人的媒合，她再婚了；對象同樣也是台灣男人！然而第二次的婚姻依然是讓她苦心愁腸。

二度婚姻並沒有逆轉了她的人生，但是她對生命的態度卻彷彿有些改變，從以往的怨嘆已經轉變為願意積極地去面對橫逆，也許是慈濟與法鼓山基金會，還有類似我們這些志工團體不斷的給予精神關懷與物資上的協助，才能讓她的心念有了許多的改變，而她也不再認為自己是一位苦命的人了！當志工隊數度造訪她時，在迂迴的崎嶇路旁，那盛開在溪溝邊的野薑花總是以燦爛芬芳的氣味在迎賓，於是我停下腳步、閉目並試著敞開心房，此時在溫暖的陽光下面，有種香氣瀰漫開來，還無聲無息地穿透我的腦門。不經意間，透過撲鼻的方式流露出它的憂傷，又時而在不經意間，透過眼觀的方式展現著它的韌性與堅強。

以前的我常認為總是會有某種氣味會讓我的心靈得以安頓，而當下的我發現卻不僅如此，有一些氣味，它也可以讓我的靈魂悸動、心思跳躍！它時而觸動我的嗅覺系統，又時而撞擊我的感知細胞，就像某種類似波紋的漣漪有時湧向腦窩；有時候又會流竄於心室！更多時後我根本無法細數阡陌在胸間交錯的經緯，我只知道它曾經在我的意識裡走過，那些氣味的遺址，沉潛而遠……。

★麻吉の知心話★

葡萄酒的香氣從何而來？那是需要經過窖藏、密封、發酵然後長時間沉潛、質變而生。麵包的風味和香氣從何而來？也是需透過酵母菌將攝取進來的葡萄糖分解、發酵然後透過高溫烘焙才能激發出香氣。

有些氣味，魅惑撩人；有種氣味，寧靜而致遠。有些氣味，能激勵鼓舞，有種氣味，卻能安心療癒。顯於外，會讓情緒澎湃的氣味，都是由鼻子嗅覺而生；安於內，能讓心靈寧靜的氣味，皆是因內心安頓而來。

人的身上，去除那些人工的香水之外，有沒有自然散發的香味呢？有的！那是一種獨特的氣質，來自於釋放心靈後的一種芬芳氣味，如一朵冬梅；必須歷經一番寒澈骨的考驗，才得以在冰天雪地之下，依舊飄逸著堅毅撲鼻的傲人香氣。

47

福菜人生

到底是怎樣的命運，能造就一個人猶如福菜般的人生？

說到蔡伯伯的身材，他的體態真的有點兒臃腫，鄰里之間總是一會兒「福蔡」長；一會兒又「福蔡」短的，見大家叫的如此親熱，對於這個綽號他自己早也習以為常。

七十歲了，福蔡伯還是常常蹲在市場的某角落，慣常賣著他與妻子親手醃漬的酸菜、福菜與梅干菜等等道地的客家菜餚。說也奇怪，村里的居民們都非常喜歡向他們夫妻購買福菜，一旦走進市場看見他便高聲么喝著「福蔡！福菜！」到底是嚷著要買「福菜」；還是溫馨地叫喊著他的綽號「福蔡」！其實，無人會去質疑也沒有人會去在意。

我總是喜歡在假日閒逛這個傳統市場，每每經過福蔡伯的攤位時，總會被他桶子裡醃漬的酸菜香氣所吸引而駐足，因著常常向他購買酸菜及福菜，久而久之我們也做起了朋友！

那天，我忍不住向福蔡伯詢問提出藏在我心中許久的疑問：「福蔡伯，你也上了年紀了，為何還在市場裡面幹這種粗活呢？這些事本該留給子女去做吧！」

恰巧當天生意並不算好，也許天冷關係逛市場的人不多，所以福蔡伯起了興致即和我聊了起來……

他悠悠地說著：「年輕時即尾隨國民政府遠從大陸的廣東省遷徙來台，定居台灣之後，又依長官們的安排最後在新竹的某客家鄉鎮落腳，四十歲了還沒有娶老婆。就在他剛滿四十歲生日，也是二月十四日西洋情人節當天，經阿水嬸的媒妁之言，也在村里的幾位耆老見證之下，他將滿妹娶進了門。

滿妹，輕微弱智但又不算很笨的鄉下婦女；見人即笑也沒啥心眼的客家女兒。她不懂得太多的人情事故，卻是一位能認真幹活的好女人。

他有二個小孩，僅較小的那位兒子智能完全正常，等於是他與他的么兒，目前共同扶養著妻子與特教生的女兒，因為家裡的二個女人智能都有些問題，於是他決定不讓女兒嫁人以免誤了另一個男人的一生，弟弟也允諾父親將照顧姐姐一輩子……。」

聽他說完這番話，我的內心是激動的！於是脫口而出：「您辛苦了！」無言，他只是搖頭苦笑。順口問我：「小伙子，你可知道福菜是怎麼樣做出來的嗎？」

我從小即在客家鄉下成長，福菜的製作過程當然理解，立即娓娓道來：「咱們客家人常會利用二期水稻收割後種植芥菜，芥菜除可當做新鮮蔬菜炒、煮食外，吃不完的大都會加工製成酸菜、福菜或梅干菜。加工芥菜時需選擇晴朗之天候，一早待露水乾時自基部全株割取，並於田間曝晒，曬到黃昏芥菜整株的莖葉都萎軟時，則運回加工。經重複交疊、灑鹽，然後用雙腳來回踩揉、復再鹽醃後終以大石鎮壓、封蓋，醃漬約十五天，俟整株轉黃時即成芳香撲鼻的酸菜。酸菜若再日晒二至四天且入甕覆缸發酵月餘即可成風味獨特、芳香可口的福菜；若將福菜的葉梢經風乾、密封、貯存後則可製成梅干菜，貯存越多年的梅干菜色澤越烏嘿，香氣也越濃郁。」

只見福菜伯頻頻點頭，似乎完全同意我的說法。他接著又說：「我人生的前半段，可比作一株芥菜，娶了滿妹之後，艱困的生計、外人嘲笑的眼光、遺傳生了弱智的女兒等等打擊一波波接踵而至時，差一點就崩潰了，那段日子真像是酸菜的醃漬過程。如今小兒子也正常的長大足以承擔部份家擔後，雖然現在的我已經七十歲了，但是卻很知足也好快樂，你看著當下的我是否更像是一株風味順口的福菜？」

換我無言，拼命猛點頭表示贊同。其實我心理想著：「一位懂得知足感恩的人，其遭遇所有的逆境，只不過是成功前用於醃漬的一種鹽巴而已啊！」

我舉手向福蔡伯揮別，手裡拎著一把酸菜還有一袋福菜，猶如往常每次的話別，我依然往想至的方向走去，只是心中還在思索著到底是怎樣的命運，才能造就一個人猶如福菜般的人生？

此時腦海突然閃過一句話：「人生最大的驚喜：就是收穫到已經忘記的播種。」也許，這就是最好的答案。

★麻吉の知心話★

太陽從哪邊升起呢？西方？東方？這是一個讓人笑掉老牙的問題，讀過書的人全部都會知道！然而，您有沒有聽見一種答案，太陽是從心中升起的……？

當太陽緩緩地從心中升起，霎時縱使墜入萬丈深淵的您，也許也能找到一條重見光明的通道。或許，當下的您心裡正湧入黑暗，所有的挫折、不快與怨懟就這樣無限增生，但只要有那麼一絲絲光線透入心房，彷彿就有一隻無影手把自己拉離情緒的谷底，讓您勇敢的告訴自己：「只要能熬過苦日子，一個今天就能勝過十個明天。」

人之所以會心累，就是常常徘徊在堅持和放棄之間，舉棋不定。讓太陽從心中升起吧！陰影將漸漸遠離，一起迎接晨曦帶給我們靈魂上的溫暖。

48

春天裡播種的愛

假日騎著機車帶著女兒到田裡兜風，恰恰看到夕陽倒影於水田之中的影像真是浪漫，不禁為這一幕精采的日落演出擊掌喝采，女兒好奇的問：「為什麼太陽總是黏著我們的步伐，它真是跟屁蟲？」

我輕輕地回答：「因為妳是最棒的，所以它無時無刻都給你充足的元氣？」於是她接著又問到：「就像爸比和媽咪嗎？」

我為她純真的話語感到窩心：「是啊，太陽就像爸比和媽咪一樣，永遠都會給你陽光喔，那妳長大以後還會想到我們嗎？」

她一溜煙的跑向路旁去採擷小野花了，然後拋出一句話：「會啊。可是，我才不要結婚呢！」

女兒的童言稚語著實可愛，聽了讓我們身為父母者真是歡心。可是，當我聯想到就在我們志工隊裡，仍然有許多單親的小孩，無法享受諸如今日我們父女倆這般的天倫之樂者，真的是比比皆是啊！念此，深覺家庭和樂健全，即是子女們一生幸福的後盾。

隨著社會觀念與結構的改變，家庭型態漸趨多元，單親家庭亦有向上成長趨勢，根據衛生福利部九十九年度最新單親家庭狀況調查可知九十～九十九年十年間，單親家庭戶數成長了三成，已高達三十二萬四千八百四十六戶，占全國家中有未滿十八歲子女家庭戶數之十一・七九％，又未滿十八歲之單親子女人數占全國未滿十八歲人口之十・五八％，換言之，每十個孩子就有超過一個是來自單親家庭，此尚未包含因分居、隔代教養等所形成之廣義單親家庭，此意味著實際上單親家庭比例是更高的。

在讀經班裡，有一小女孩其家庭也是單親。記得第一次與她的父親見面時，是他把小孩送進課堂之後，看他兀自站在門外憂愁地抽著菸，於是我就湊過去與他一番寒暄。聊著聊著，話匣子就著麼聊開了！雖是初識，只見他面懷愁容又毫無忌諱的便滔滔不決地訴說著自己悽慘的前塵往事。外籍妻子跑了；自己又身負重病；家庭經濟拮据；小孩又總是不聽話……這些接踵而至的打擊讓他痛不欲生，但是他說：「此生命格，如一株長在路旁的野草！風大雨大時，我會被迫彎腰，一旦風雨過後，我還是得將腰桿挺直！」

婚姻，簡單的說是兩個人的事！然而，當有了小孩以後，那就是整個家庭的事情。小孩，也有選擇幸福的權力，大人不能輕易的予以剝奪，但很多時候，年輕的父母雖然都明白這個道理，但是彼此的脾氣就是按耐不住自己的性子。

夜裡，當我整理相片時，我在螢幕前幽幽看著騎著機車帶著女兒到田裡兜風時，拍下的那一幕幕黃昏美景，心理真是百感交極；一方面慶幸，自己健全的親子關係，有如春天裡播下愛的種籽，相信不久的將來，一定會有很棒的收成。而另一方面憂心，每十個孩子就有超過一個是來自單親家庭的比率，未來的社會該如何去有效的平衡？

此時，腦袋裡突然閃過一句話：「我羨慕的不是風華正茂的情侶，而是攙扶到老的夫妻。」這句話，頓時覺得那是多麼地多麼地可貴啊！

★麻吉の知心話★

為什麼您會沉不住氣？又是為了哪些事情讓您耐不住性子？要克服生活的焦慮和沮喪得先學會做自己情緒的主子。不然，不是傷害到對方，就是造成自己的內傷！

您為何總是抱怨對方的不好？是不是眼理所見都只是缺點而已呢？木頭人，

也有其單純的個性；一頭母獅，也會有其溫柔母愛的一面。即使，面對的總是枯燥乏味的事，但至少無須面對不時會令您抓狂的人。一如縱使杯口破了一角，依舊不失杯子盛水的特性一般。

子女的幸福，來自於和諧與健全的父母。所以，若能試著用愛圓滿，必能創造出一個快樂美滿的家庭。

49

一半就好

記得有一年，有很多的長輩喟嘆著說：今年的流年不吉；多個颱風欺凌、農作物欠收、經濟又蕭條、許多人哀嘆工作不保！可是咱家當年胡瓜的收成卻意外不錯，每一條垂掛在樹上的瓜實都相當豐挺壯碩。

爸爸遂將它們採摘下來，然後連續曝曬了一個星期，旋經太陽蒸曝的胡瓜在脫水之後變得堅固又剛硬。接著父親就把它以快刀迅速一剖為二，圓滾滾的胡瓜自此變成漂亮的二個取水用的水瓢。

斯時的我並不以為意地向父親說著：「在大賣場，隨便一個塑膠製的水瓢俯拾皆是，既便宜又容易取得，又何必如此大費周章！」

茹素的父親立刻皺起眉鎖說道：「在飯碗裡的每一粒米都是農夫們的辛苦血汗，在你口袋裡的掙得的每一分錢也都是付出相當的心力換來的薪水，每一張鈔票是不是不容易取得？所以又怎能如此輕易的隨意浪費！」

他老人家接著又說：「人要學習讓自己的慾望，減至一半就好，就如同這個水瓢。」當下的我無言以對，隨即想到聖嚴法師曾經告誡弟子的一句話：「生命中想要的太多，真正需要的卻很少！」

事後仔細想想這「一半」的哲學真的很有道理。倘若一個生意人有本事賺很多的錢財，那麼一家大小自可衣食無虞外，還將有多餘的另外一半財富付諸公益，這個社會就會更加溫暖；如果一位上班族下了班以後，懂得將工作之餘的另一半時間好好學習，那麼必可創造個人更多的才藝與競爭力，往後於面對職場上的無情的動盪時，必能提升自己更佳的應變能力。

所以當慾望減半時；支付變少，收成相對地變多了。當遭逢人生困境時，若能先將煩惱的情緒減半，另一半留給頭腦冷靜的思考，這樣將湧生出更多的勇氣來面對逆境。而愛戀中的男女若能將情念減半，將會有更多的時間好好地規劃未來；學生們若能將玩念減半，這樣也會多出許多時間來衝刺功課上的不足。

從一個圓滾滾的胡瓜，轉變成二個甚具利用價值的水瓢，這是生活中最美麗的加法。而人的一生中所有的挫折是總量管制的，過了一件；便又少去了一件；這是生命中最寶貴的減法。雖說人生實在不需要太精於算計，但一定要想辦法要讓自己的生命變得精采。

如果再以當時的流年和今昔相比，今年的時機不是更為遭透了嗎？翻開報紙或瀏覽網路新聞，那一天曾停歇指證關於裁員、減薪、解僱、失業……這些讓人憂鬱的字眼？心理學家說，對付挫折最好的方法是：忘記。可是人非聖賢，並不是每個人都擁有這般崇高的情緒管理智商，所以我們都應該好好省思「一半」的哲理，也許哇哇落地後即註定一生命已平凡，但我們豈可再讓此生平庸呢？

★麻吉の知心話★

一個水杯，如果始終保持盈滿，您就無法重新斟入新茶。

這個社會，是一體兩面又相互拉引的關係。如：愛付出太多，會造成對方負擔。錢賺得太多，會有損自己健康。話講得太多，容易招致別人反彈。水用得太多，可能會漸漸遭致乾旱。

許多東西，一半就好。比如說：飯，只吃五分飽；話，且留一半的餘地；錢，留下一半去投資；腦袋，工作之外真的需要空出一半的時間來用於思考或休閒。

當欲望減半，不但沒有損失，反而騰出了更多資糧。

50

位置

前些日子到台北訪友，為了找到一個合法的停車位苦苦周繞旋了半個鐘頭。有一回帶著小孩逛夜市親睹二位小販為了爭搶地盤吵得面紅耳赤。過年前參加一場結婚喜宴，我提前半個小時入席所以能安然入座，而遲到的賀客們卻愁容滿面，因為一座難求。大年初一的時候，好幾處鼎鼎有名的大廟，一定有諸多信徒擠破頭爭搶頭柱香來插。一位同事向我說著：「星期一上班日因公司強迫排休無處可去，所以想去信義威秀看一場電影，結果到了百貨公司走出了電梯門口之後訝然驚覺；哇！戲院門口人山人海……」（因為沒有聯想到現在台灣總失業人口已經逼近六十萬人）。

前陣子有一位親友過世，因為執著於「入土為安」習俗，長輩們因此堅持一定要進行土葬的儀式，然而目前台灣的合法墓地寸土寸金，為了讓一頂棺木有個位置安頓，當時著實煞費了苦心！

現今社會中，不管喜事也好，喪事也罷；生老病死、哀樂喜怒沒有一件事情脫離得了「位置」的牽連！每一樁事情都一定要搶個好位置，每一次搶位置的時候都要花到錢！而有時花了錢不但得不到快樂，嚴重時候甚至會讓人憂鬱好久！彷彿，這就是人生。

每次到了大大小小的選舉熱潮，就會有許許多多的政商人士積極地為了少數的幾個位置摩拳擦掌，爭得你死我活！以前的長輩曾經告誡我說：「頭銜和頭癬，都是一輩子治不好的頑癬。」所以最貧窮的就是那一個老是談錢的人；最無才的就是那一個老是把服務理念掛在嘴邊的傢伙。

在網路上我曾經看過這一篇故事：「一位婦女有一天跟老公幸運地訂到了票回婆家，上車後卻發現有位女士坐在他們劃位的位子上，老公示意妻子先坐在她旁邊的位子，卻沒有請這位女士讓位。妻子仔細一看，發現她右腳有一點不方便，才了解老公為何不請她讓出位子。他就這樣從嘉義一直站到台北，從頭到尾都沒向這位女士表示這個位子是他的，下了車之後，心疼老公的妻子跟他說：『讓位是善行，但從嘉義到台北這麼久，大可中途請她把位子還給你，換你坐一下。』老公卻說：『人家不方便一輩子，我們就不方便這三小時而已！』。」

每次想到這個故事，我的心念也為之一轉，雖然在現今社會的生存模式裡，免不了每件事都需要去爭個好位置，不過；縱使有時候根本搶不到一席好位，轉個向迂迴一下，有時候也不見得會吃虧！人生中，每一件事情，都有轉向的餘地，就看我們怎麼想，怎麼去轉。

當金錢急轉彎時，第一個被甩出去的一定是人情。然而唯一不變又禁得起考驗的必定是真心！有句話說得好：「我們朝湖心投擲以石頭，湖心卻回報我們以微笑。」如果我們內在的包容心誠如一座湖泊時，面對每一次的位置爭奪，一定能夠看淡或看開。因為每一個位置並不是「有」與「沒有」的邏輯；而是在於誰「先」與誰「後」坐下去的思考罷了。

★麻吉の知心話★

為了一個「好位置」，全世界的人心都在「搶」。生前，從地皮、房產、名位、職稱、財富……甚至連停車位！死後，個人墓地、祖墳、家族風水……甚至連遺產，無一不搶！

您聽進了地理師那樣說；又聽多了電視名嘴這樣說；還看到了報章雜誌這樣寫；也參考了網路文章那樣談……！您，腦袋裡還剩下多少自己的想法？

偶爾回顧聖賢是怎麼做的；偶爾參考經典是怎麼敘述的；偶爾聽聽當今各宗教中許多大德與智者是怎麼開釋的。若您能從其中至少領悟了一些道理，當下定能明白：心念正了，任何位置都是好方位！

51

多麼不容易

在「感動人生」的那本書看到這句話：「一個人一生所流的汗與淚水，倘若一次性提取出來，足夠為親朋好友做出幾十道珍味佳餚；一個腿健全的人一生中要走的路，加起來可以繞地球七十圈以上；在這浩瀚的地球上，一個人與另外一個人相遇的可能性是千萬分之一；成為朋友的可能性是二億分之一；而成為終生伴侶的可能性是只有五十億分之一……。」

換句話說，一個人的適婚年齡若定義為二十五歲，平均壽命為七十五歲時，那麼所謂的「白頭偕老」的真義就應該被解釋為：「當一個人與決定與另外一人的相遇並與之白頭偕老的話，他（她）們必須經過二十五年的等待，然後再共同經歷五十年的歲月才得以完成。」

對現代夫妻來說，這好像是多麼不容易的一件事情，可是從另一個角度來說，人與人之間的相遇那不是更不容易嗎？古人說：「百年修來同船渡；千年修來共枕眠。」這就是印證當兩性相遇最後又成為終生伴侶的可能性只有五十億分之一的機率，這又何其難得啊？

所以說只要你願意等待那一位「對的人」，一旦他（她）們在您的生命中出現時請把握當下，最後您勢將發現所有寂寞的等待都是值得。倘若有幸再結為夫妻，更該為這一份「多麼不容易」的機率，決不輕言分離才是。

有一位禪師在禪定。而另有一位禪師在旁磨磚。這位禪師出了定之後，覺得磨磚的師兄好奇怪，就問：「你磨磚做什麼？」

「磨磚成鏡。」另一位禪師回答。「磨磚怎可能成鏡？」禪定的禪師笑了。於是那位磨磚的禪師反問：「那你禪定做什麼？」「禪定成佛。」禪定的禪師回答。「禪定怎可能成佛？」二位禪師最後更是大笑不止……。

磨磚成鏡談何容易？成佛就更不用說了！其實再遙遠的路，只要往前踏出去之後，至少縮短了一些路途，也就是說距離成功就更近了一些。二位禪師都深知其理，所以也就用自己的方法更自努力去修持。

教堂上，一位新婚的男人接受牧師的詢問：「您是否願意與你的妻子，恩愛甜蜜一生？」男人望著妻子深情的回答：「我願意。」

牧師再度的詢問：「您是否願意與你的妻子，白頭偕老一輩子？那怕遭遇多少的困難，不離不棄、牽手共赴任何困難？」男人依然堅定的點頭說：「我願意。」這是多數又平凡的夫妻結婚時的劇碼。

另一位男人，是生長在美國二十三歲的尼克，他與他的二十一歲妻子凱蒂結婚前，已知凱蒂患有末期癌症，每天都需要花上幾個小時做治療，他仍執意要娶她為妻。婚禮時尼克的父母他們很高興看到兒子娶到了他高中時代的情人，而在婚禮排隊上出現的格格不入的物品，就是凱蒂在典禮以及接待的時候所使用的氧氣桶。儘管肉體多麼的疼痛、內臟逐漸地衰弱和打了多少的嗎啡針，凱蒂還是堅持舉行婚禮、甚至著手籌備。她的婚紗因為體重不斷地減輕需要一改再改。最後她們終於如願成為夫妻，凱蒂也在她婚禮後第五天即去世了。

看到這一對堅強又甜蜜的夫妻，苦難都成為是為她們帶來的祝福！這讓我不禁想到；人一定可以得到幸福的，儘管它是如此的短暫。因為它是那麼地不容易，所以我們更不該再把自己的人生搞得太過複雜。也許把握當下，遠比汲營追求更簡單、更實際與更有效吧。

★麻吉の知心話★

「一個人與另外一個人相遇的可能性是千萬分之一；成為朋友的可能性是二億分之一；而成為終生伴侶的可能性是只有五十億分之一。」數據顯示著人與人之間能夠相遇，那是多麼不容易的事情，更何況有緣成為夫妻啊！

前世的孤獨，一切都只為了準備今生的相遇！所以說，應該把握人生短短的這幾十年，免得讓這輩子有所遺憾！

52 給自己快樂的理由

情傷；加上喪父，連番打擊讓他足足憂鬱了兩年。見到他時總是悶悶不樂多於開懷，於是總想逗他開心。

這日，他突然興起問我：「天下事，何事最急？」

難得他願意多聊心事，於是我面帶肯定的回答：「任何事都可以不急，唯有兩件事等不得：一是孝順，二是行善。」我意有所指他的父親過世了還有母親必須孝養，感情沒了；人生還有許多事可以規劃去做。

他幽幽地在紙上寫下『忙』這個字：「此字如何釋解？」

我順勢講述：「心都亡了！沒準則了；生活錯亂了；步調失序了；人生目標模糊了，這就是『忙』字最佳註解。」

他有點不以為然，接續寫下『理』這個字：「此字又如何闡釋？」

我依舊不厭其煩：「我亦不想嘮叨說教，可是對一位失去智慧的心盲之人來說，少了關鍵體悟；『理』這個字就成了『埋』啦。」

接下來，我右手向天比劃：「你看見了什麼？」

他無厘頭地回答：「看見了你的指頭！」

我猛搖頭說：「你聽過『藉指見月』的故事嗎？智者看到的通常是月亮；只有愚者看到盡是指頭！你的頭要抬得更高一點。」他似乎明白了一二。

他如釋重負一般：「千江有水千江月；萬里無雲萬里天。」我同意的點頭。

拍拍他的肩膀：「浪有高有低；水還是水。人有苦有樂；心還是心。」我多麼希望他能給自己一個快樂的理由，於是我送他最後一句話，當作同學難得見面的一份心意：「相逢與分手，都有它的美麗；一如夕日與晨曦……。」

他終於笑了，淺淺。如枝頭高懸的新月……！

★麻吉の知心話★

世上最累人的事，莫過於渾渾噩噩的過日子。挫折，往往讓人失去生活的動能！然而，若要克服生活的焦慮和沮喪，得先學會做自己的主人。

所以說，逆境真的不可怕，可怕的是面對挫折之後頓失「再起」的勇氣。勃朗寧說：「生活是鍛鍊靈魂的妙方。」，而逆境，常只是生命中一小段時起時落的生活波瀾罷了！一如浪有高有低，水還是水。人有苦有樂，心還是心。

新銳生活20　PE0096

新銳文創
INDEPENDENT & UNIQUE

快樂3法則：停下、坐下、放下
──充滿正面能量的52個生活故事

作　　者　麻　吉
責任編輯　李冠慶
圖文排版　周妤靜
封面設計　楊廣榕

出版策劃　新銳文創
發 行 人　宋政坤
法律顧問　毛國樑　律師
製作發行　秀威資訊科技股份有限公司
114 台北市內湖區瑞光路76巷65號1樓
電話：+886-2-2796-3638　傳真：+886-2-2796-1377
服務信箱：service@showwe.com.tw
http://www.showwe.com.tw
郵政劃撥　19563868　戶名：秀威資訊科技股份有限公司
展售門市　國家書店【松江門市】
104 台北市中山區松江路209號1樓
電話：+886-2-2518-0207　傳真：+886-2-2518-0778
網路訂購　秀威網路書店：http://www.bodbooks.com.tw
國家網路書店：http://www.govbooks.com.tw

出版日期　2016年1月　BOD一版
定　　價　320元

Printed in Taiwan

國家圖書館出版品預行編目

快樂3法則：停下、坐下、放下：充滿正面能量的52個生活故事 / 麻吉著. -- 一版. -- 臺北市：新銳文創, 2016.01

面；　公分. -- (新銳生活；20)

BOD版

ISBN 978-986-5716-70-7(平裝)

855　　104027279

讀者回函卡

感謝您購買本書，為提升服務品質，請填妥以下資料，將讀者回函卡直接寄回或傳真本公司，收到您的寶貴意見後，我們會收藏記錄及檢討，謝謝！
如您需要了解本公司最新出版書目、購書優惠或企劃活動，歡迎您上網查詢或下載相關資料：http:// www.showwe.com.tw

您購買的書名：________________________________

出生日期：________年________月________日

學歷：□高中（含）以下　□大專　□研究所（含）以上

職業：□製造業　□金融業　□資訊業　□軍警　□傳播業　□自由業
　　　□服務業　□公務員　□教職　□學生　□家管　□其它_____

購書地點：□網路書店　□實體書店　□書展　□郵購　□贈閱　□其他

您從何得知本書的消息？

□網路書店　□實體書店　□網路搜尋　□電子報　□書訊　□雜誌
□傳播媒體　□親友推薦　□網站推薦　□部落格　□其他__________

您對本書的評價：（請填代號　1.非常滿意　2.滿意　3.尚可　4.再改進）

封面設計____　版面編排____　內容____　文／譯筆____　價格____

讀完書後您覺得：

□很有收穫　□有收穫　□收穫不多　□沒收穫

對我們的建議：________________________________

____

____

____

請貼
郵票

11466
台北市內湖區瑞光路 76 巷 65 號 1 樓
秀威資訊科技股份有限公司 收
BOD 數位出版事業部

（請沿線對折寄回，謝謝！）

姓　名：＿＿＿＿＿＿＿＿　年齡：＿＿＿＿　性別：□女　□男

郵遞區號：□□□□□

地　址：＿＿＿＿＿＿＿＿＿＿＿＿＿＿＿＿

聯絡電話：(日)＿＿＿＿＿＿＿＿ (夜)＿＿＿＿＿＿＿＿

E-mail：＿＿＿＿＿＿＿＿＿＿＿＿＿＿＿＿